蛇噬之宿

地獄幽暗 亦無花

參

路生よる

目錄

主要登場人物

小野篁

總是神出鬼沒，身穿平安時代服裝的神祕人物。

遠野青兒

米蟲青年，可以一眼看出別人的罪行。

西條皓

為煩惱的人們
提供諮詢的神祕美少年。

紅子

眼睛宛如黑色玻璃的
神祕少女。

凜堂棘

聲名遠播的厲害偵探，
被稱為「招來死神的偵探」。

究竟是案件引來了他們，還是他們引來了案件呢——

凜堂荊

棘的雙胞胎哥哥。

淺香繭花

旅館的女服務生。眼睛具有和青兒相同的能力。

淺香爛子

旅館的女主人。國臣續絃的妻子。

淺香國臣

繭花的父親。十六年前因隨機殺人事件喪命。

佐和田一虎

旅館的總管。

鳥飼鈴

凜堂偵探事務所的委託人。

第一怪◆牛鬼，或是濡女

這世上說不定有吃鬼的蛇。

*

黃昏彷彿問著「其人是誰」（註1）。

前方是一條豎著綿延不絕漆黑圍牆的道路，遙遠的西方是一抹色彩十分凶險、如同正在焚毀的殘陽。要比喻的話，那就像是火焰或鮮血的顏色。

（再怎麼說，太陽也太早下山了吧。）

青兒在心中嘀咕，穿著舊運動鞋的雙腳加快了步伐。

他真是太小看「秋天的太陽落得比吊桶更快」這句諺語。明明已經把時間算得寬鬆一點，剛過中午就出門了。

不過仔細回想，他一開始就弄混了「神田站」和「神保町站」，去詢問處問路問了三次，問到服務員都很受不了，搭地鐵回來時還睡過頭很多站。

（果然不應該做自己不習慣的事。）

是啊，何必到處找舊書店呢？

神田舊書店街和青兒的關係，本來就像北極熊和日曬沙龍一樣八竿子打不著。再說，書應該也有選擇讀者的權利吧。

（唔……黃昏一詞的由來好像就是「其人是誰」——他是誰。）

其人是誰、彼者為何——意思是「在那裡的人是誰」。黃昏被稱為逢魔時刻，似乎也是因為在這個時間看不清楚路上行人的臉。

晝與夜、幻想與現實、魔與人，這是相反事物混雜一處的時刻。

此時青兒之所以急著回家，是由於他的左眼。因為聽說在逢魔時刻會有妖怪出現——正確說來，是前來拜訪他住的那間屋子的罪人們。

青兒五歲時，有一塊「照妖鏡」的碎片從天而降，碰巧掉進他的左眼，從此以後他就有了把犯罪者的罪行看成妖怪的能力。

除此之外，他現在住的洋房為了主人工作方便而被施加一種特別的咒語，每到逢魔

註1　「黃昏」和「其人是誰」的日文發音都是「tasogare」。

時刻就會有罪人不小心闖進來。

那是所謂的「地獄代客服務」，說起來有點類似地獄的分店。這間店的業務是由閻魔大王親自委託，要把在人間逃過刑罰的罪人打入地獄。

坐鎮在那間屋子裡的鬼則是養了……僱用了被高利貸業者追債、過著網咖生活的青兒當助手的少年——皓。

身兼助手和米蟲的青兒，已經和皓住在一起十個月了。

該說「地獄的審判是取決於鬼」嗎(註2)？青兒不時會碰到一些令人不忍直視的慘事，但基本上還是每天過著悠閒的日子。

至少到夏天為止都是這樣。

（結果後來還是一直沒搞清楚那件事。）

那件事發生在三個月前，也就是八月。

事情始於一封奇怪的邀請函，他們在長崎的某座孤島上被捲入了凶殺案，最後發現一件跟皓有關的陰謀。

表面上的凶手是皓還沒懂事以前就死掉的最小的哥哥——緋花，施法讓他復活的術士在事情解決的同時也喪命了。

但是……

（到底是誰呢？）

該稱為真凶的主謀，至今依然身分不明、下落不明，而他們一點線索都沒有。

——其人是誰？彼者為何？

大概就像古代流傳下來的迷信吧。詢問「你是誰」時，如果對方回答不出來，那就是真正的鬼。

「我回來了。」

青兒好不容易回到洋房，小跑步進入敞開的大門，匆匆爬上沿著牆壁折成L字形的大廳樓梯。

他沒有必要掩人耳目，但是今天買的東西讓他不由得害羞，所以他先回二樓的房間，再加快腳步走向一樓的書房。

下午茶的時間是下午四點，他還以為自己已經遲到很久了。

「咦？怎麼會？才下午四點半？」

註2　原本的諺語是「取決於錢」。

青兒看看手機確認現在的時刻，不禁嚇了一跳。雖然他很慶幸不用找藉口，但秋天的太陽下沉得再快也不會快到這個地步吧？

「……嗯？」

趕往書房的途中，青兒突然停下腳步，他的視線望向擺在走廊突出窗台上的金魚缸。正確地說，應該是在魚缸裡游泳的那隻金魚。

魚鱗是深紅色，蝴蝶形狀的尾巴是漆黑的，這是名為蝶尾金魚的高級品種。牠優雅地緩緩搖曳尾巴的模樣，乍看和往常沒啥兩樣。但是……

「喔？怎麼啦？」

聽到青兒的聲音，名為皓的少年轉過頭來。

西條皓——光看外表，只是個十五、六歲的黑髮黑眼美少年，但他的真實身分其實是從事「地獄代客服務」、半人半妖的魔族，而且是《稻生物怪錄》裡寫到的魔王山本五郎左衛門的兒子。

——百花之王。

他的白色和服上開滿了墨色暈染的大朵白牡丹。

「呃，金魚的胸鰭旁邊有一顆顆的白色斑點……」

「喔喔，你說追星啊。」

皓回答得很乾脆，然後他看出青兒的臉上寫滿了問號。

「公的金魚到了產卵期，胸鰭旁邊就會出現被稱為『追星』的白色斑點。一般來說應該是春天和秋天，今年似乎晚了點。」

這麼說來，這隻金魚是公的囉？因為牠和負責打理這間屋子的紅子很相似，青兒原本以為是母的，原來是他誤會了。

「好啦，差不多該去書房了。今天好像有新菜色喔。」

真是好消息啊！

青兒滿心期待地和皓一起進入走廊底端的門。

首先看到的是熟悉的景象。窗上掛著如同舞台布幔的厚重窗簾，右邊牆壁從地板到天花板是一整面的書櫃，還有……

「請入座吧。」

紅子站在已經擺好茶點的桌子前，今天穿的也是和蝶尾金魚一樣的紅黑兩色日式女僕裝。

「真叫人期待。」

皓微微一笑，依照慣例坐在安妮女王式椅子上。青兒跟著坐在他的對面。這也是他的固定座位。

「……咦？不是新菜色啊，明明就是平時的蘋果派……」

「看起來是這樣，但裡面應該是地瓜餡吧。」

那可是秋天最具代表性的美味啊！熱呼呼的派上盛放著雪白綿密的冰涼鮮奶油，如果再淋上用大量蘋果塊熬煮成的濃稠醬汁……

「這、這一定很好吃吧！」

「呵呵，看起來就是很好吃的樣子呢。」

看到兩人興奮得像孩子一樣，紅子的臉上似乎多了一絲得意。

「請享用。」

聽到這聲招呼，兩人立刻雙手合十，爭先恐後地舉起叉子。

喀沙。派皮酥脆的口感非常美味，光是聽聲音就覺得很美味。接著是熱騰騰的地瓜餡樸素的甘甜，配上冰涼滑膩、入口即化的鮮奶油，以及充滿扎實果肉的蘋果醬清新的酸味。

「真想從胃裡拿出來再吃一次。」

「呵呵，那不就跟牛一樣嗎？要不要再吃一塊？」

「我舉雙手贊成！」

紅子又走進廚房，然後推著推車走回來。

推車在兩人熱切的注視下停在桌邊。兩盤熱騰騰的地瓜派已經加上鮮奶油和蘋果醬、準備周全地等著，美味誘人到了幾乎會發光的程度。

好，決定了。等到青兒回過神來，他已經拿了第三塊。

最後一塊是和皓分著吃的，所以他總共吃了三塊半。

「不好意思，有郵件。」

青兒聽到一聲簡短的電子音效，只見皓立刻掏出一支智慧型手機。是的，皓在半個月前終於買了智慧型手機。

「喔！了不起！你打字已經很熟練了嘛！」

「是啊，麻煩的是用慣了之後似乎會變得太依賴手機。」

「因為很方便嘛。現在還可以用手機看電影和連續劇。你不如設個ＩＧ帳號吧？」

「呵呵，我對自拍沒興趣，倒是很想拍一些寵物的照片。」

……好，就當作沒聽到吧。

（不過他比我想像的有精神，真是太好了。）

發生在長崎的那件事似乎讓皓非常憂慮。

雖然他沒有明顯表現出沮喪，但偶爾還是會不經意地露出苦惱的表情，所以青兒這兩、三個月一直很擔心他。

（不管怎麼說，既然他還會笑，應該就沒事了吧。）

像這樣三個人一起生活，會讓青兒覺得凶殺案和陰謀都是離他們很遙遠的事。就算這只是表面上的和平，船板之下就是地獄。

迅速回覆完郵件的皓說道：

「好啦，我也差不多該跟你說了。」

皓把手機放在桌上，說起開場白。

「你還記得鳥邊野佐織這個人嗎？」

好熟悉的名字。

——鳥邊野佐織。

這個人是靈異月刊的寫手，還是個怪談收集家。她經營了一個部落格，專門介紹流傳在街頭巷尾的都市傳說或怪談。青兒突然覺得胸中湧起一陣苦澀，多半是因為想起了他十個月前第一次當助手時遇到的事件吧。

——乙瀨沙月。

她逼得前男友上吊自殺，後來被皓揭穿罪行，結果也落得相同的死法。

因果報應，惡有惡報，自作自受。

她的結局確實很符合這些成語，但青兒還是會忍不住思索自己和她到底有多少差別。

「那是沙月小姐的同學對吧？我記得跟她見過一次面。」

「她說想再見面採訪，好像是為了準備出書。」

「咦？採訪……難道她是要問『地獄代客服務』的事？」

青兒的腦海裡赫然浮現一些聳動的標題。

《令人戰慄的親身採訪，地獄代客服務！》、《貼身追蹤，地獄審判二十四小時！》……搞不好最後會演變成作者同樣神祕失蹤的情節。

「不不不，她要採訪的對象不是我，而是你。」

「……啊？」

「唔，該從哪裡解釋起呢……」

皓喃喃自語，盤起手臂，歪著腦袋沉吟。

「青兒，你還記得我在她的部落格投搞過怪談吧？」

「嗯，記得啊。那是為了約鳥邊野小姐出來而編造的假故事吧。」

「呵呵，其實我當時是這樣寫的……」

那個故事提到一位青年的前半生。

小時候，有一塊鏡子碎片掉進他的左眼，從此以後他看見做了壞事的人都會看成妖怪。兵主部、百百目鬼、青坊主，他的眼睛揭穿的罪行不計其數，不過這種能力並沒有派上什麼用場，那些潛伏在身邊的怪物反而讓他每天過著恐懼的日子。

……這個故事聽起來很耳熟耶。

「這不是我的故事嗎？」

「嗯，就是啊。既然想讓怪談的專家上鉤，當然要有一定程度的真實性。」

皓說得一副理所當然的樣子，但這分明是剽竊嘛。

「鳥邊野小姐似乎認定了這是真實故事，即使我告訴她這是虛構的，她還是不肯相信。」

唔……或許專家都有專家的直覺吧，真是不能小看她。

「可是，她為什麼如今又再提起？那都是十個月前的事了。」

「聽說不久前有一個人寄信去編輯部，寫信的那個人和你一樣，能把別人的罪行看成妖怪。」

「……啊？」

青兒除了驚愕以外沒辦法做出任何反應。

「你看，這是鳥邊野小姐寄來的資料。」

皓邊說，邊接過站在一旁的紅子遞過來的牛皮信封。

他從裡面拿出一疊紙，約有幾十張，上面還劃著線，應該是從筆記本上撕下來的，乍看有點像日記，但那似乎是一時想到而寫下的東西。

「寫這些筆記的人叫淺香藺花，二十四歲。依照她的紀錄，她的眼睛和你一樣是在十八年前發生變化。」

某一天，她抬頭看著趴在庭院樹上的野貓，右眼突然隱隱作痛，好像有東西從空中掉到她的眼裡。

但是看過眼科也沒有發現任何異狀，除了有時會把別人看成妖怪之外。

「第一個是她老家的園藝師。在她眼中，那個人變成了像是棉布一般的怪物。」

「難道是……」

「是啊，應該是『一反木綿』。」

皓不說青兒也知道，那是在漫畫《鬼太郎》出現過的妖怪。

這種妖怪會在夜晚出現，綑住路人的臉和脖子，最壞的情況是令人窒息而死。有些地方還傳說這種妖怪會抓走小孩，所以太陽下山後，大人就會說著「一反木綿要來囉」，催孩子快點回家。

「……真是充滿了犯罪的味道呢。」

「是啊，照現代的角度來看，就是有可疑人士出沒。」

後來那個園藝師被逮捕了，據說他都在半夜物色正要從補習班回家的孩子，用布勒住他們的脖子、令他們窒息，等孩子昏過去以後就把他們拖到暗處。

不管是從前或現代，到處都有變態啊。

「聽起來跟你過去的經歷很像吧？」

「嗯，是啊，的確是這樣。」

「所以烏邊野小姐才會覺得，我們那個虛構的故事有可能是真的，或許這世上真的有人能看穿別人的罪行。」

「呃，確實有啊，就在這裡。」

幹嘛講得好像是尼斯湖水怪一樣。

「呵呵，所以鳥邊野小姐馬上試著聯繫藺花小姐。」

皓邊說，邊拿出一張名片的影本，想必是和筆記一起寄來的。青兒本來以為那是藺花的個人聯絡方式……

「……九谺旅館？」

「是的，那是她老家經營的旅館，她在那裡當服務生。不過鳥邊野小姐照著名片上的號碼打過去，是一個像總管的男人接聽的。鳥邊野小姐沒講幾句話，電話就被掛斷了。」

她得不到採訪許可，也沒有人可以幫忙說情。

原來如此，她是因為採訪的事情受阻，才會來找皓幫忙啊。皓鐵定使出了三寸不爛之舌，哄她把手上的所有資料都交出來。

「要不要協助她的採訪以後再說。反正鳥邊野小姐的工作好像很忙，我們先一步去拜訪淺香藺花吧。」

「咦？我們？」

「是啊，我很想親自看看擁有和你相同能力的人。你如果想要留下來看家也行。」

「我、我當然要去！」

糟糕，因為氣氛使然，一時衝動就答應了。

「呵呵，你果然也很在意。」

「呃，也不是真的那麼在意啦……只是有一點在意。」

其實青兒想跟皓同行的理由不是因為這點，但他又不想說出來，所以只能點頭蒙混過去。此外，他也覺得自己若是不去，搞不好會被寄放到寵物旅館。

「我已經跟名片上的這間旅館預約過了，地點位於歧阜和長野的邊界。」

「這麼說來，就是在奧飛驒囉？」

「是啊，那一帶的溫泉很有名，遺憾的是旅館跟溫泉鄉還有一段距離。」

那裡有沒有飛驒牛才是重點。

「咦？所以照妖鏡掉進她眼裡的地點也是在那裡嗎？」

「是啊，她說是在自己家的庭院裡。」

「這樣不是很奇怪嗎？我老家可是在神奈川縣耶。」

一個是在關東，一個是在中部。青兒本來想像的是鏡子在高空碎裂，碎片被風吹進他的眼裡。照妖鏡又不可能像隕石一樣在大氣層外爆炸四散，這距離未免也太遠了吧。

「你似乎搞錯什麼了。你覺得照妖鏡的碎片是怎麼從天而降的？」

「呃，那個，大概是在空中『啪』一聲碎掉吧。」

安徒生童話裡的《冰雪女王》好像也有類似的情節。

「呵呵，的確很容易會這樣想。不過古代的鏡子不像現代一樣是用玻璃製造的，而是用銅之類的金屬製造的。」

「咦？」

這麼一說青兒才想到，皓以前給他看過的妖怪畫冊中，也有提到照妖鏡的妖怪形態「雲外鏡」，其外觀如同一面圓形的銅鏡。

「所以照妖鏡是不可能自己破裂的。換句話說，是有人刻意損壞照妖鏡，把碎片灑在人間。從上空……說不定是從大樓或公寓的頂樓。」

「可、可是，我被照妖鏡扎到眼睛是在家附近的公園耶。那是一座荒涼的港口小鎮，怎麼會有那麼高的建築物……」

不對，確實有，而且正是荒涼的港口小鎮才會有那種東西。

「我想起來了，公園附近有一座廢棄燈塔，在白天任何人都可以自由進去參觀。」

「啊啊，大概有人在那裡灑下碎片吧，結果其中一塊就隨風飄進你的眼睛。」

皓說得很稀鬆平常的樣子，但青兒只覺得有些頭暈。

「那麼灑下鏡子碎片的凶手在哪裡呢？」

「嗯，這個嘛，我好像猜得到那人的身分。」

皓一派輕鬆地說，令青兒睜大眼睛。就算皓再怎麼聰明，也不可能隨隨便便地解開這麼沒頭沒腦的問題吧？

「照妖鏡是自古流傳的魔鏡之一，照理來說應該會妥善收藏在某個地方，所以要查的話想必很快就能查出來了。」

皓聳肩說道，像是在敷衍。

「那麼依照你的想法……」

青兒還沒問出「凶手到底是誰」，就愕然地倒吸一口氣，因為皓的眼中出現了一抹冰冷的陰影。像是憤怒、空虛、焦躁，或是悲傷。

「唔，在長崎那件事中企圖害死我的是父親山本五郎左衛門身邊的某人。搞不好還有一個叛徒就在我的身邊。」

*

如果別人問我最怕什麼，我一定會回答蛇和口哨。

在陰暗的夜路上聽到的口哨聲，令我異常畏懼。若是聽到醉漢在半夜吹口哨，我甚至會當場失神。

問我為什麼，我也不知道。我剛懂事時，明明還經常纏著父親再娶的太太爛子吹口哨給我聽。她的口哨聲很溫柔、很清澈，有時還會很寂寥。但是在父親過世後，我就變得很怕口哨聲。

啊啊，還有……蛇，在路上蠕動的蛇。

仔細想想，我們家和蛇似乎很有緣。

首先是一虎。父親為了增加男性員工而僱用他，他是抓蛇的專家，會把抓來的日本蝮關在瓶子裡餓一個月再泡酒喝。看在蛇的眼中，他一定是個可怕的人。

——啊啊，真可怕，真可怕。

在心底響起的聲音，是以前在家裡工作的幫傭婦鳩谷說過的話。她是在看到一虎把住在天花板上的日本錦蛇活剝時說了這句話。

「那傢伙是個大壞蛋喔。竟然殺死房子的守護神，一定會遭天譴。」

她也用同一張嘴罵過我。說我是不義的孩子，跟人偷生的孩子，遭天譴的孩子。

「妳那副外表就是遭到作祟的徵兆。」

——啊啊，真可怕，真可怕。

鳩谷在雇主——我的父親——死後，也離開了這個家。但是每次到了蛇出沒的季節，我都會想起她說過的話。

——啊啊，真可怕，真可怕。

去路是紅色，來路也是紅色。這是房子四周盤踞著濃豔深紅色的季節，有如一隻渾身鮮血的大蛇。

有蛇在那間房子作祟——村裡的人都這樣謠傳。

有蛇被吃掉、被撲殺，然後悽慘地曝屍荒野，所以才會招致這種下場。那不祥的朱紅色就像是被牠的腸子和血液染紅的異界。

——所以父親才會被殺死。

殺死父親的隨機殺人魔是一個叫古處牧人的青年。所以那個青年是蛇變成的嗎？但是真正該害怕的那個名字只有我知道。

——牛鬼，以及濡女。

＊

依照慣例，這次還是兩人的旅行。

很遺憾，這次紅子小姐又是跟他們分頭行動，前一天就出門，所以他們只在一隻金魚的目送下出發了。

兩人從東京站搭北陸新幹線，經由ＪＲ線，花了半天時間，終於來到終點站是他們要去的村莊名稱的地方鐵路。

或許因為現在是平日午後，充滿昭和味道、塗了亮光漆的木造車廂裡，乘客少得可憐，感覺像是他們包下了整輛車。

其他車上的乘客也只有看起來像「本地的爺爺奶奶」的老年人。現在明明是賞楓的季節，乘載率竟然這麼低，這條路線真的經營得下去嗎？

「這裡的交通真是太不方便了。」

聽說一天只有兩班車。這條鐵路線以後多半會廢棄吧。

難得有這機會，就該好好欣賞窗外的風景，所以兩人坐到朝向行進方向的座位。

因為心情大好，他們在發車前就打開了買來當晚餐的鐵路便當，像旅遊節目的美食介紹一樣評論著「這個很好吃」、「那個還可以」，不知不覺就吃完了。

雖然這不是享受鐵路旅行的正確方法，但是光靠遊興是沒辦法填飽肚子的。

「喔，要發車了。」

喀噹！車輪開始轉動。車窗外的民房越來越稀疏，農村景象沒多久就變成山景，窗外蓋滿了秋意盎然的紅葉。

皓拿出書本開始看，沒事做的青兒突然注意到一件事。

「啊，對了，難得你會拿手提袋。」

「啊啊，這個叫信玄袋，是買來放手機的。」

所以就是男性版的和服手提袋吧。原來如此。

「我順便講一下那些筆記的事吧。」

皓邊說邊闔上文庫本，解開信玄袋的繩子，拿出對折的筆記。唔……看來還挺方便的。

（咦？）

青兒注意到袋子裡有像是小瓶子的東西，那是他買的飲料嗎？

「我給了你一份，你全都看完了嗎？」

「啊，是，大致看過了。寫筆記的人和我一樣怕蛇。」

「有句話叫『嫌惡如蛇蠍』，很多人都討厭蛇。」

「這或許是人類還是猿猴的時代留下來的影響吧，因為在樹上唯一的天敵就是蛇。」

「呵呵，那只是道聽塗說，不是真的。」

這就是搜尋資料不夠認真的結果。

「從很久以前——恐怕是從史前時代開始——人和蛇就生活在一起。蛇在古代是可怕又可惡的生物，但也被當成神明祭祀。蛇又稱為『巳』，讀作『MI』，這個發音在日本經常用在尊貴的事物或近似神明的事物上。」

喔？是說神轎（MIKOSHI）或神子（MIKO）之類的嗎？

「蛇的眼睛因為沒有眼皮所以不會眨眼，此外蛇在成長過程中會脫皮，看在古人的眼中更加神祕，也更邪惡。既可怕又令人敬畏，既邪惡又神聖——這就是蛇。」

「喔，這樣啊……」

青兒是在動物園看了餵蛇表演才開始怕蛇的，所以不太能理解。
「對了，筆記上還寫了口哨也很可怕。」
「嗯，她說是在夜路上聽到的口哨聲。那說不定也是因為討厭蛇的緣故。」
「咦？怎麼說？」
「有一項自古流傳下來的禁忌，說在晚上吹口哨會引來蛇。此外還有人說會引來小偷，或是會引出魔物。」
原來是這樣。這或許有點類似「在半夜剪指甲會比父母更早死」的迷信。
「因為『蛇』和『邪』（JA）同音，所以人們認為在半夜吹口哨會引來『邪惡的東西』。而且在半夜吹口哨本來就形同把自己的位置暴露給潛伏在黑暗中的某人。」
是蛇？還是壞人？還是魔物？她害怕的究竟是什麼？
「或許是『隨機殺人魔』吧。」
皓說出這句意味深長的話，同時遞出一張紙。那是一份影印的報導，日期是十六年前，標題寫著：『男人在深夜的路上被刺身亡。凶手是隨機殺人魔？』
「啊，對了！筆記裡也提到繭花小姐的父親被殺死了。」
「是啊，就是這個案件。在週刊雜誌裡還有更詳細的報導，內容提到……」

受害者的名字是淺香國臣，四十四歲。他是當時只有八歲的繭花的父親。

「凌晨一點左右，他被刺身亡的遺體在自家附近的地藏堂前面被人發現了。他被發現時才剛死沒多久，死因是背後遭刀刃刺傷，失血過多。但他的身上還有很多毆打的傷痕，應該是用球棒之類的東西毆打之後再一刀斃命。」

「呃，怎麼知道凶器是球棒呢？」

「聽說那個地方半年前發生過隨機攻擊事件，凶手拿的凶器正是木製的硬式球棒，受害者全是老年人或年輕女性。他們都是半夜走在路上時遭到襲擊的，每個人都只有受到輕傷。」

「喔，所以大家才會覺得有可能是同一個凶手啊。」

「案發當晚，自治會的青年團照例出來巡邏，最先發現屍體的男人是其中一個在值勤所值班的人，因此很自然地就把這兩件事連結在一起。」

「呃……我記得那個凶手的名字是……」

「古處牧人。聽說早在那之前就有人懷疑他是隨機殺人魔。」

「他看起來是那麼奇怪的人嗎？」

「總之是個麻煩人物。他在學生時代得過幾次繪畫比賽的獎項，算是小有名氣……」

但或許只是井底之蛙吧，原本應該意氣風發地考進藝術大學，結果卻老是落榜，後來他在本地開了繪畫教室，也沒有什麼亮眼的表現。從那時開始，他經常在深夜發出怪叫、破壞東西，還有人因此報警。

「聽說他還用球棒打了附近人家養的狗。」

這等於是在宣傳「我就是隨機殺人魔」嘛。

「因此，國臣先生的遺體被發現後，青年團的人就氣憤填膺地衝進牧人先生的住處。」

「……這怎麼行啊？」

「因為那地方很偏僻，去最近的派出所還要翻過一座山頭，所以我可以理解他們覺得自己應該先做些什麼的心情。不過，這種事還是應該交給警察才對。」

「那牧人先生怎麼了？」

「他從二樓陽台跳下去，光著腳逃進山裡了。」

這種反應更是大錯特錯。他如此倉皇地逃走，就像是承認「人是我殺的」嘛。

「後來大家還在商量搜山時，就發現了他上吊自殺的遺體。」

真是最壞的結局。

「……牧人先生真的是凶手嗎？」

如果他是被冤枉的，這個故事也太悲慘了。

「他沒有留下遺書，但是青年團去他家搜查時找到了凶器，那把刀上沾滿了血，用報紙包著放在抽屜裡。經過ＤＮＡ檢驗，和國臣先生的血液是一致的。」

「這麼說來，他毫無疑問就是殺死國臣先生的凶手了。」

也不知道能不能說是鬆了一口氣，青兒的心情非常複雜。

「當時也有找到球棒，但是球棒上沒有驗出血跡，只有沾著一些毛髮，經過ＤＮＡ分析，那些毛髮和隨機攻擊事件中受害女性的頭髮是一致的。」

這樣啊，那就毫無懷疑的餘地了。

「是啊，警方也是這麼想的，所以這個案件就在嫌犯死亡的情況下函送檢方。」

「呃，可是……」

青兒有一種不對勁的感覺，插嘴說道。

「隨機攻擊事件的受害者都是老年人和年輕女性，國臣先生會被殺不是很奇怪嗎？」

「喔，虧你能發現這一點，真難得。」

青兒料想皓會用右手摸摸他的頭，就往另一邊閃開，結果皓很乾脆地用左手摸他的頭。竟、竟然被看穿了。

「的確，國臣先生身高一百八十公分，還是柔道黑帶的高手。」

「……如果拿球棒打他，說不定球棒會斷掉呢。」

「不過國臣先生是個很虔誠的人，每次經過地藏堂都會合掌膜拜。或許是他穿著和服拜神的模樣被當成了村裡的老人吧。」

這樣啊，在視線不佳的夜路上確實有可能發生這種事。

「但是動手之後就會發現對方是個比自己更壯碩的大漢。警方認為牧人先生是害怕遭到反擊，所以用球棒接連攻擊國臣先生，最後再用防身的刀子刺殺他。」

唔……那就沒有其他不自然的地方……

「但有幾件事還是令我很在意。」

……原來還是有啊。

「第一點是凶器，刀子上沒有驗出牧人先生的指紋。」

皓邊說邊豎起食指。

「有可能是他在行凶時戴了手套，所以指紋才沒有留在刀上。不過以前被隨機攻擊的受害者都說凶手的手上沒有戴任何東西，而且如同佐證一般，球棒的握柄上確實驗出了牧人先生的指紋。」

「呃……會不會是那一晚太冷，所以他戴了手套？」

「那椿案件發生在五月，而且在牧人先生的家中也沒有找到像是行凶時使用的手套。」

「或許是他回家以後才擦掉指紋的？」

「如果他細心擦過握柄，刀刃上的血跡卻放著不管，未免太不合理了。」

嗯，說得也是。

「第二點是遺體上的毆打傷痕都集中在背後。換句話說，國臣先生被打了之後還是一直背對著凶手。」

「這不是什麼奇怪的事吧……如果他要逃開凶手的攻擊，當然得背對著凶手。」

「是沒錯，但是現場留下的血跡都集中在一處，可見國臣先生直到被刀子刺死時都沒有逃走，一直停留在原地。」

「啊？」

這就怪了，太奇怪了。

「除此之外，國臣先生的遺體上沒有所謂的防衛傷。一般來說，被人用球棒和刀子攻擊時，應該會用手擋住臉和身體，但國臣先生的雙手卻沒有任何刀傷。」

也就是說，他在被毆打時不只沒有反擊，甚至沒有用手擋住臉或身體，也沒有逃跑或呼救，只是一直背對著凶手？怎麼想都太奇怪了。

「很奇怪吧？」

「是啊。」

青兒深深地點頭贊同。

此時，青兒突然發現一件事。

「國臣先生為什麼要在三更半夜跑出去呢？」

行凶的時刻將近凌晨一點。那裡是沒有便利商店的鄉下地方，應該沒人會在那種時間出門吧。

「當時國臣先生的獨生女繭花小姐得了時節不對的流行性感冒，臥病在床，他可能是擔心高燒不退的女兒，所以專程去地藏堂參拜吧。」

「……這未免太可悲了。」

竟然是在為孩子的康復祈禱時被人殺死，真是太沒天理。

「案發的時候，國臣先生再娶的妻子爛子女士正在家裡照顧繭花小姐。繭花小姐是前妻生的孩子，爛子女士是她的繼母。國臣先生是在案發的一年前再婚的，當時他四十三歲，爛子女士是十九歲。」

「啊？」

青兒忍不住發出愕然的驚呼。這對夫妻的年齡竟然相差到兩輪之多。

「……有可能嗎？」

「這種事不是外人能插嘴的。」

是沒錯啦。

「國臣先生死後，都是爛子女士在照顧繭花小姐。既然繭花小姐現在仍在家裡的旅館幫忙，她們兩人的關係應該不錯吧。」

太好了。女兒能平安長大，對已死的國臣來說就是最好的供奉。

「那可不一定。」

「啊？」

「案件還留有無法解釋的疑點，所以凶手不一定是自殺身亡的牧人先生。如果真凶還逍遙在外，國臣先生一定無法瞑目。」

「是、是這樣沒錯啦……」

「總之我們就詳細調查看看吧。旅行才剛開始呢。」

……不對，等一下。怎麼事情的走向突然變得這麼奇怪？

「那個，雖然好像每次都有陷阱，但這次旅行其實另有目的吧？」

「誰知道呢？敬請期待。呵呵。」

皓發出不祥的笑聲。青兒覺得這趟懸疑之旅彷彿變成地獄之旅。

「吃人旅館──有這樣的傳聞唷。」

「那、那是什麼？」

「呵呵，這點也敬請期待。」

拜託饒了我吧。

青兒渾身發抖，開始考慮要不要跳窗逃跑。這段期間，電車穿過了大大小小的隧道，度過一座跨越溪谷的鐵橋，坡度漸漸升高，最後到達一個被夕陽餘暉染紅的木造車站。

不管怎樣，總之到達目的地了。

「真是一段漫長的旅程啊。」
「奇怪，電車旅行明明只是坐著不動，為什麼會這麼累呢？」
青兒把行李搬到月台上，寒冷的秋風吹起他的亂髮，他和皓一起伸展著身子。沒有其他乘客在這裡下車，月台上也看不到站務員，說不定這是個無人車站。
「從名片上的地址看來，旅館就在車站後面。」
「現在很少看到旅館沒有架設網站呢，也找不到任何評論。」
兩人一面閒聊，一面穿越長著芒草的鐵路土堤。
前方出現只容一輛車行駛的狹窄坡道。寒冷的秋風中混雜著潮濕落葉的味道，像蛇一樣彎曲的泥土路看起來彷彿是一條獸徑。
兩人並肩行走著。
「……咦？那是小廟嗎？」
青兒還在想路為什麼突然變寬了，就看到一座有著銅屋頂的小佛堂。從陰暗的格子門窺視，裡面祭祀的好像是地藏菩薩。
「喔，這裡應該是國臣先生被殺的地點。」
「咦？就是這裡嗎？」

地藏堂的前方有一片空地，落葉覆蓋的地面上當然看不見標示屍體位置的粉筆線。

但青兒一聽這是命案現場就覺得背脊發涼。不過他如今寄宿的地方也老是有殺人犯找上門，只能盡量不要放在心上了。

「唔，我到前面去看看。」

青兒轉身背對照例在四周展開調查的皓，快步離開地藏堂，一個人走上坡道，突然看見有一條像細繩的東西橫亙在路上，擋住他的去路。

那是繩子嗎？

青兒不在意地跨過去，然後才發現……

那是一條蛇。

「噗哇！」

他尖叫著跳起來，落地時還摔了個四腳朝天。仔細一看，一條灰褐色配上鎖鍊斑紋的蛇扭曲著趴在坡道上。

老天爺啊。

「哎呀，真稀奇，是蛇橋呢。」

悠哉跟來的皓輕快地從蛇的上方跳過去……應該是這樣吧，但是青兒怕得閉上眼睛發抖，所以什麼都沒看見。

「呵呵，我知道你很怕進去地藏堂，但一直躺在這裡，太陽都要下山了。我們快點把蛇趕走，儘早上路吧。」

「我才不是……」

皓不理會青兒的反駁，撿起一根樹枝按住蛇頭後，抓起牠的脖子移到草叢裡，三兩下就把蛇弄走了。

得、得救了。

「呵呵，在山路上看到蛇，令我想起泉鏡花的《高野聖》。」

這書名好像聽過，又好像沒聽過。

「呃，那是很久以前的作家吧？」

「是啊，他是明治時代中期的大文豪。《高野聖》是他的早期傑作之一，內容是高野山的修行僧宗朝對一位青年旅伴講述他年輕時在飛驒山上經歷的故事。」

宗朝這一路上十分艱辛，到處都是蛇和水蛭，到了晚上，他在深山裡的一間屋子借宿，那間屋子卻是一個妖女的巢穴，被她勾引的男人都會變成野獸。

「也就是說，宗朝在不知情的情況下踏進了不存在於這個世上的異界，契機正是蛇橋。」

蛇橋？

「跟剛才的情況一樣，他在被蛇擋住去路時跨了過去。橫陳在路中間的蛇就是現世和異界的邊境，所以蛇不只是凶兆，也是現世和另一個世界之間的橋梁。」

「這麼說來，我們剛才也進入了異界囉？」

「呵呵，會是這樣嗎？」

呸呸呸，真不吉利。

「不過我聽到旅館的名字『九谺』倒是想起了另一篇作品。」

皓說出這句話以後，露出想到什麼事的表情。

「……不，或許是我想太多了。這個先不管，你看。」

皓舉起食指，指向青兒的背後。

「那裡也有蛇呢。」

「噗哇！」

又是蛇……青兒正感到驚慌，結果發現那只是一張附照片的告示。

——注意秋季蝮蛇。

照片裡有一條鎖鍊斑紋、體型粗壯的蛇盤成一團。青兒越看越覺得跟剛才看到的那條蛇很像……咦？蝮蛇？

「那、那個，難道……」

「秋天的蝮蛇脾氣很暴躁，攻擊性很強。因為蝮蛇的毒性很強，成年人被咬了都要半年才能痊癒。」

「不是啦，我想問的是，剛才那條也是蝮蛇嗎？」

「喔？你覺得很像嗎？」

「因為牠的鎖鍊斑紋跟這張照片差不多啊。」

「那是錢形紋。要說像確實很像，不過剛才那條是幼年期的日本錦蛇。」

是嗎？青兒在家鄉也看過幾次日本錦蛇，他記得那種蛇身上沒有花紋，體型也比較纖細。

「呵呵，因為幼蛇和成蛇的外觀不一樣。最容易分辨的地方是眼睛，蝮蛇的瞳孔是細長型，而日本錦蛇的瞳孔是圓的。」

的確，告示上的蝮蛇看起來就像流氓在找碴時一樣凶惡。不過青兒想到圓眼睛的日本錦蛇也會忍不住猛搖頭，想要儘快把牠從腦海裡甩開。

「呵呵，日本錦蛇無毒又溫馴，熟了以後還能讓牠爬在手上，最近還被視為日本特有的寵物蛇，在國外也很受歡迎唷。」

「喔……原來也有喜歡蛇的怪人。」

……比起養蛇的人，養人的鬼應該更稀罕吧，但這件事就先不管了。

「好，太陽都快下山了，我們也該去住宿了。」

皓邊說邊指向坡道的底端，那裡像是接枝一樣連著一座細細的石階，凹凸不平的天然岩石打造成的階梯上方是──

「哇！」

一片豔紅的頂蓋。石階兩旁的變色樹木伸展著深紅色的枝葉，如同在左右兩邊撐著日本傘。

青兒邊提防著又有蛇出現，邊戰戰兢兢地走上石階，然後看見一扇類似山寺的正門。那種寂靜的風情與其說是旅館，其實更像寺廟。

兩人一起穿過了山門。

（……火？）

眼前是整面的火紅，像是一道屏風。

青兒還以為發生森林火災，過一下子才發現那是滿山遍野、擠得不留一絲空隙的紅葉。

像參道一樣的道路從山門往前延伸，通向一間有著高台式玄關的房子。這棟頗像山寺的房子被成千上萬的紅葉包圍，幾乎被淹沒，看起來有如一隻被大蛇吞噬的青蛙。

「原來如此，和筆記裡寫的一樣呢。」

聽到皓這句話，青兒想起筆記裡的一段文字。

『去路是紅色，來路也是紅色。』

的確，放眼所及之處全是血一般的鮮紅色。

「蛇的季節……應該是指秋季蝮蛇出沒的這個季節吧。」

「所以這裡每年都會變得這麼紅嗎？」

「這些乍看好像是日本紅楓，但顏色有些奇怪。」

哪裡奇怪？

「太紅了。」

聞言，青兒不得不點頭贊同。這些紅葉紅得像火焰，或是鮮血。

「讓樹葉變色的花青素是由晚上的寒冷和陽光製造出來的，所以同一棵樹的樹葉也會因為日照不同而有色調的差異。」

這樣啊……仔細想想，的確很少看到整棵樹的樹葉全都一樣紅，混雜著黃色、橘色的漸層色調還比較常見。

「那、那麼，這個地方到底……」

「看來我們真的踏進異界囉。」

皓開玩笑似地聳肩說道。異常到這種程度，可不能只當成尋常的拍照景點就算了。

（不過拍張照片也無妨吧。）

青兒從褲子後方口袋掏出手機，發現螢幕上顯示著「無訊號」字樣。

「咦？這裡收不到訊號耶。」

「哎呀，我的也是。」

就算把手機舉高或轉動方向，收訊也沒有比較好。這年頭要不是真的去到極偏僻的祕境，很少會收不到訊號。

「呵呵，山中異界的獨棟屋子，越來越像泉鏡花的書中世界囉。」

「……拜託別再說了。」

「哎呀，連妖女也出場了。」

鋪著細細白沙的前庭出現一個女人，她身穿黑色和服、鼠灰色腰帶，看起來就像是喪服。硬要說的話，皓這身裝扮也很像喪服。

皓的胸前突然染上一抹紅色。

那看起來像一隻紅色的手掌，令青兒嚇了一跳，皓捏起來一看，他才發現那是一片拇指大小的紅葉。

皓把玩著那片像血手印一樣的紅葉，然後把它貼在嘴唇上。

「接下來會出現鬼還是蛇呢？說不定兩種都有呢。」

*

那是蜂蜜的顏色——青兒一開始是這樣想的。

「是西條皓先生一行人吧？兩位長途旅程辛苦了，歡迎你們。」

女人客氣地鞠躬，她的眼睛是類似花蜜的琥珀色。

「今天請讓我為兩位服務。我叫淺香繭花。」

青兒聽到她的自我介紹，忍不住「咦？」了一聲。

（所以這個人就是……）

她就是那份筆記的作者，也就是擁有和青兒一樣的照妖鏡之眼的人。

這位女性越看越漂亮，像是圖畫中的和服美女。筆挺的鼻梁，小小的嘴巴，烏黑亮麗的盤髮之下的纖細脖子如蠟雕工藝一般細緻優雅。

「離館已經準備好兩位的房間，現在就為你們帶路。」

兩人跟著繭花走過石板小徑。鋪著細細白沙的前庭打掃得很徹底，幾乎到了神經質的地步，連一片落葉都看不見。

高台式的玄關看起來就像歷史悠久的民家……其實更像是旅遊節目中寄宿寺廟時看到的僧房。

他們先在類似櫃檯的木板房間裡填了住宿登記簿，然後被帶到離館。

繭花領著他們走進有屋頂的穿廊。可能是因為地勢傾斜，途中有些低矮的階梯，感覺有點像迷宮。

「真安靜。其他的員工呢？」

「只有母親和我兩人，此外還僱了一位男性總管。」

大概就是掛掉佐織電話的那個人吧。

「老闆娘現在在哪裡？」

皓這麼一問，繭花就欲言又止地說：

「她今天早上……過世了。」

青兒一時之間還無法理解她的意思，連皓都驚愕得說不出話。

「我母親有先天性的心臟病，每晚都要吃降血壓藥，她前年動過手術，但情況似乎沒有好轉。」

「真是非常遺憾。她是在醫院過世的嗎？」

「……不，是在家裡。」

竟然是這裡。

「這幾天她的身體都不太舒服，昨晚她很早上床休息，結果就這麼一睡不起。醫生來看過了，說她可能是急性心衰竭。」

「葬禮是什麼時候？」

「今天很不巧地碰上友引日（註3），所以守夜是明天。」

註3　日本曆注「六曜」的其中一日。「友引日」宜辦婚嫁等喜慶，忌殮葬。

雖說只是巧合，但他們真是來錯時候了。現在對方還得忙著準備葬禮，要做的事情數都數不完。

「以後妳就會過得很寂寞了吧。」

皓無意地說道，繭花輕輕點頭說：

「對我來說，她不只是母親，還是我的姊姊、朋友，還有……」

話還沒說完，三人已經到達離館。

「就是這個房間。」

紙門一拉開，可以看到木板小房間後方有一個四坪大的寬敞客廳。

中央有一張黑檀桌子，兩邊擺著面對面的兩把椅子，房裡雖然有壁龕和壁櫥，卻沒有一般旅館房間都會有的電視、冰箱、保險箱。

此外……

「哎呀，這真是……」

皓發出如同貓頭鷹叫聲般的「哎呀」。

房間底端的賞雪木格子門有一部分換成了玻璃，外面看到的盡是一片深紅。

——夕陽和紅葉。

青兒被吸引到窗邊，在近到幾乎伸手可及之處有一條流水淙淙的小溪，黃昏的天空和岸邊的鮮豔紅葉把鏡子一般清澈透明的水面染成一片紅。

「這景象似乎不太適合稱為絕景。老實說，有點嚇人。」

青兒訝異地望向皓，只見他緊盯著溪流，表情認真得過分。

「那個，為什麼……」

青兒正想問清楚他的想法，卻聽見一個聲音說：

「兩位為什麼會來到我們旅館呢？」

青兒轉過頭去，看到正在準備茶水的繭花停下了動作。

「我實在想不通，這附近不是觀光地區，我本來以為你們是來探訪祕境車站的學生，但兩位看起來又不像是鐵路迷。」

可能是因為太驚訝了吧，總覺得她的表情有些僵硬。

「雖然妳正在工作，但能不能稍微跟妳聊一聊呢？」

皓在一邊的椅子坐下，然後請繭花坐在對面的椅子上。青兒當然是一屁股坐在地上，像一件巨大擺飾。

「繭花小姐，妳知道鳥邊野佐織嗎？她是東京的一位怪談寫手。」

「……我不認識她。」

「前陣子她收到一份筆記，從信中附上的名片來看，那應該是妳寄的。」

皓邊說邊從信玄袋裡拿出對摺的筆記，繭花接過去一看就睜大眼睛，顯然是知道些什麼。

「這個……的確是我寫的，但只是我寫好玩的個人小說，不是要寫給別人看的。」

「那上面寫的事應該都是真的囉？」

繭花似乎吸了一口氣，但她還來不及否認，皓就指著身邊的青兒說：

「其實他的眼睛也有和妳一樣的能力。」

繭花「咦」了一聲，表情完全呆住了。

「自從鏡子碎片掉進了他的左眼後，他看到犯罪的人都會變成妖怪的樣子。」

「……他也是嗎？」

琥珀色的眼睛注視著青兒。那是美得令人心驚的魔性眼眸。

「這麼說來，繭花小姐……也一樣囉？」

繭花似乎發現自己失言了，突然回過神來，搖著頭說：

「沒、沒有啊，我不知道那是什麼意思。我還有事要忙，先告辭了。」

說完她就準備起身。

「妳不想知道妳父親過世那件事的真相嗎？」

藺花頓時停住，像是被這聲音打到。

「……難道你們是警方的人？」

皓搖頭說「不是」，然後從懷裡掏出一張名片。

「其實西條皓是假名，我的本名是『凜堂棘』，在東京經營一間偵探事務所。青兒是我的助手。」

慢著……

「等一下，你在說什麼啊？」

「我只是覺得，對初次見面的人來說，助手這個頭銜比較容易理解。」

「不不不，我不是問那個啦！」

青兒哭喪著臉尖聲叫道，但皓還是笑容以對，把食指貼在唇上要他安靜地等著。青兒閉上嘴望向藺花，她手上果然拿著一張很眼熟的黑色名片，做作的燙金字體印著「凜堂偵探社」。

下方的名字就是凜堂棘。

（你這傢伙竟然幹出了這種事！）

青兒按捺著出言不遜的衝動，同時感覺全身都在冒冷汗。這多半是紅子偽造的。要是被凜堂棘知道他們做出這種詐欺行為，鐵定會鬧出人命。

——凜堂棘。

他是個手腕高明的偵探，還有人謠傳他是「招來死神的偵探」，其實他的真實身分和皓一樣是「地獄代客服務業者」，而且是另一位魔王神野惡五郎的兒子。

從青兒的角度來看，雖然棘是個蠻橫又裝模作樣、走到哪都穿著西裝的人格缺陷者，但感覺他最近似乎老是被皓的陰謀暗算。

結果……

「凜堂棘……難道是『那個凜堂棘』？」

看來名片的效果比想像的更大。

藺花伏目沉思片刻，然後抬頭看著皓這位「傳說中的名偵探」，臉上的表情不知該說是困惑還是敬畏。

「如果妳不介意，我想問幾個問題做為參考。聽說第一個發現遺體的青年是值夜班的守衛，他和國臣先生認識嗎？」

「……是佐和田一虎。在事情發生的半年前，他被我父親僱用，住在我們旅館裡。除了勞力工作之外，他還負責整理藏書，現在依然在我們旅館裡當總管。」

詳情是這樣的——

案發當晚。青年團的成員每週巡夜兩次，他們習慣在回到值勤所之後一起喝酒，號稱是在值夜。

成員之一的一虎比其他人早一步離開酒宴，結果在回家的路上發現國臣的遺體，所以又驚慌地跑回執勤所——這就是事情的經過。

原來他們一夥人闖入民宅抓人就是因為喝了酒的緣故。

「在繭花小姐看來，國臣先生是個怎樣的人？」

繭花再次垂下眼簾，落在白皙臉頰上的睫毛影子像是有話要說似地顫抖著。

「我父親是鄉土史的研究者。」

但她的語調平靜得近乎冰冷。

「雖然他只是個民間學者，但他的研究熱忱非比尋常，每天都把自己關在書房裡，就算我跟他說話，他也只是默默地背對著我。」

「……妳恨他嗎？」

「老實說，我小時候真的很埋怨他，我甚至不確定他有沒有把我當成女兒看待，但是……」

繭花停頓一下，像是有些躊躇。

「父親跟前妻——也就是我的親生母親——似乎是被家人逼著結婚。母親或許也是一樣吧，她生下我不久之後就跟別的男人私奔。最痛恨母親的人，或許就是剛出生的我。」

她的表情悲慘得稱不上是苦笑。

「被母親拋棄的父親成了村子裡的笑柄，大家都說他是個愚蠢的書呆子，老婆跟人跑了，還要養其他男人的孩子。」

這麼說來，國臣並不是繭花的父親——至少旁人是這麼想的。

「父親的親戚都叫他快點做DNA鑑定，快點擺脫我這個麻煩，但父親堅決不肯答應。雖然他很少跟我說話，也沒有跟我牽過手，但還是把我當成自己的孩子。」

「……這就是國臣先生的父愛啊。」

「我想他或許只是不擅長表達感情吧。」

繭花行了個禮，站了起來。

「我沒有其他話要說了。父親過世是十六年前的事，對我來說已經很遙遠，但是對喜歡道人長短的村民來說，那就像是昨天剛發生的事。我現在最大的心願就是不要再被這些事叨擾。」

她說完之後就要轉身離開。

「可以問妳最後一個問題嗎？」

「……請說。」

「牛鬼和濡女指的是誰？」

沒有回答。繭花默默地拉開紙門，走出小房間。

「兩位請自便。」

她只留下這句話，就靜靜地關上紙門。

「真是不容易應付呢。」

等腳步聲遠去以後，皓嘆著氣說道。

「那接下來要怎麼辦？」

「本來就計劃在這裡住一晚，再另找機會重新出擊吧。」

感覺再怎麼努力也只是白費功夫。考慮到繭花的心情，最好還是別再多問。

「既然來了就該盡情享受溫泉之旅。距離晚餐還有些時間，你先去泡個澡吧。」

「呃，那你呢？」

「剛才聽完繭花小姐說了那些事，我想重新整理一下資訊，差不多可以建立一個假設了。」

皓說完就立刻翻起繭花放在原位的筆記。

既然都來了，要不要一起去泡溫泉——老實說，青兒很怕又碰到蛇，正想開口詢問，但看到皓的表情那麼認真又不好意思打擾他，就打消了念頭。

青兒從淺箱裡拿出浴衣換上，無精打采地走出離館。

太陽才剛下山沒多久，周邊已經被夜色吞噬，到處都靜悄悄的。青兒有點害怕，所以吹起口哨給自己壯膽。

——晚上吹口哨會引來蛇喔。

感覺似乎聽見皓的告誡，青兒頓時停下腳步，驚恐地四處張望，並沒有發現蛇的蹤跡。但是他才剛鬆了一口氣……

「咦……這裡是哪裡？」

怎麼可能？再怎麼說也不至於在穿廊迷路吧？

但是，在頭頂閃爍的鎢絲燈泡感覺有些陰森，讓青兒不禁害怕起來。可能是因為穿廊到處都有彎曲和階梯，視野差得令人意外，這麼一來即使途中遇到岔路也有可能不小心看漏了。

此時，青兒忽然看到木紋格外鮮明的欄杆後方出現紅葉的鮮紅，感覺就像半夜走在路上突然見到渾身是血的屍體。

一陣風吹得樹木沙沙搖曳，青兒不由自主地打起寒顫。

（……咦？）

是什麼呢？好像有東西浮現在腦海的角落，但青兒搞不懂那是什麼，只是快步走著，像是要逃離紅葉的鮮紅。

——這座山裡的紅葉好像怪怪的。

他總覺得夜色越深、視野越昏暗，那片鮮紅也跟著變得越紅。

「……咦？奇怪？」

眼前出現意想不到的景象，讓青兒赫然停步。

本來以為穿廊的盡頭就是主屋，前方出現的卻是一排倉房。仔細一看，抹了石灰的門敞開著。裡面會不會有人呢？

「不、不好意思！」

青兒戰戰兢兢地喊著，探頭觀望。

那是四坪大的榻榻米房間，左右兩邊的牆壁都是書櫃。這裡說不定就是國臣生前埋首研究的書房吧。房間底端擺著一扇畫著洶湧海浪的屏風，從採光格子窗照進來的月光把淡淡的影子投射在榻榻米上。

（咦？屏風的另一邊……）

青兒不經意地往前走幾步，一看到屏風後面露出來的東西，他就驚愕地停下腳步。那裡有個白木祭壇，上面擺著燭台和香爐——那是放在死者枕邊的擺設。

（這麼說來，那邊……）

屏風後面放的難道是爛子的遺體？還是用來安放遺體的棺材？

「呃，那個……打擾了。」

光是想到前面有一具屍體，青兒就怕得起雞皮疙瘩。他迫不及待地想要逃出去，朝著看不見的棺材鞠了個躬，就轉過身去。

此時——

喀噹一聲。

聽到背後傳來聲音，青兒立即僵住。他戰戰兢兢地、不自然到關節發出軋軋聲地轉過頭去。

下一瞬間，彷彿是火焰突然熊熊燃燒，一條大蛇的影子從屏風後面跳起，朝著青兒撲來。

「咿咿咿！」

青兒發出慘叫，踉蹌地後退幾步。就在此時，蠟燭的火焰像是突然熄滅，蛇影憑空消失了。

「哇！」

青兒的背撞上某樣東西，他忍不住發出驚呼。

回頭一看，那是一個繃帶男。也只能這麼說了。光看體型，那是個不高不矮、不胖不瘦的中年男人，但整張臉都被繃帶綑住，脖子後面墊著厚厚的紗布。他的身上穿著有旅館標誌的短外褂，應該是旅館的工作人員。

（難道他是……）

是佐和田一虎嗎？

最詭異的是繃帶之間露出的那雙眼睛，他的眼神像夢遊病患一樣沒有焦點，青兒甚至不確定那人是不是看得到眼前的他。

「……那個，你沒事吧？」

青兒不由自主地問道，但一看到男人握在手上的繩狀物體就嚇得睜大眼睛。

那是日本錦蛇嗎？應該不是幼蛇，青灰色的身體上並沒有錢形紋。仔細一看，那條蛇沒有頭，但好像還活生生的……搞不好真的還活著。真是可怕的生命力。

叩的一聲。

男人像在吐痰，一樣東西從他的口中飛出來。

是骨頭。

（難不成……）

青兒緊張地乾嚥著口水，因為蛇頭斷裂的地方似乎很不平整，簡直就像被人用牙齒咬斷的。

（難不成他活吞了那條蛇？）

青兒渾身戰慄，腦袋裡同時敲響了警鐘。

——快逃！快跑！

他像是和熊對峙一般緊盯著對方，同時慢慢後退。緊盯，緊盯。兩步，三步，慢慢拉開了距離。

「咦？」

在眨眼的一瞬間，拿著蛇屍的男人頓時變成體格壯得像巨岩的鬼。不，不對，那不是普通的鬼，而是長著牛頭的鬼。

牛頭鬼的額頭上頂著威風的長角，銳利的眼神瞪著青兒，一排獠牙之間不停滴下口水。

接著他緩緩舉起左手，毫不猶豫地啃食著蛇的屍骸。

「咿呀啊啊啊！」

青兒發出震天價響的慘叫，從倉房裡逃了出去。

＊

「因迷路而發現屍體真是你的獨門絕技呢。」

青兒哭喪著臉奔回離館，如此這般地敘述了在倉房裡看見的景象後，皓最先說出的就是這句感慨良深的發言。

「唔，老實說，我早就想到會發生這種事。」
「那你怎麼不阻止我啊！」
皓說著「好、好」，安撫大聲嚷嚷的青兒。
「是說生吃蛇未免太嚇人了。」
「就是嘛，而且看起來好像很難吃。」
「呵呵，或許那不是為了『吃』，而是為了『驅邪』。」
啊？什麼意思？
「自古流傳，要制服作祟的蛇妖最有效的方法就是『吃』。殺了之後吃下去，既是祭奠也是安魂。只要殺了吃下去，蛇妖就不會再作祟。因不肯吃而遭作祟喪命的故事也不少喔。」
青兒總覺得把蛇妖大快朵頤更加罪孽深重，不過要這樣說的話，把釣起來的魚吃掉也是一樣吧。
「呃……也就是說，現在有蛇妖在作祟，一虎先生是為了平息作祟才活吃蛇？」
「是有這種可能，但他或許只是瘋了。」
「那個，我有一種很不好的預感，我們還是早點離開這間旅館吧。」

「我也這麼想，不過想在天亮之前離開似乎有點難。若是碰上最壞的情況，我還可以派父親手下的妖怪去抵抗，所以應該不會有什麼差池吧。」

就像是地獄版的保全公司吧？無論是人類或魔族都得靠家世庇蔭呢。

「咦？那我如果單獨一人，不就只能乖乖送死嗎？」

「怎麼會呢……呵呵呵。」

竟然打哈哈！

「好啦，既然你也回來了，那我們就來複習一下案情吧。我已經差不多掌握住國臣先生被殺的真相了。」

「咦咦咦！」

他推理的速度也快得太誇張了。

青兒可能把心中所想都表現在臉上，皓乾咳了一聲。

「這些只是我的猜測，但我覺得應該八九不離十。」

最關鍵的線索是青兒在倉房裡看到的兩隻「妖怪」。看似總管一虎的男人是牛鬼，而躺在棺材裡的爛子……

（呃……咦？那是什麼妖怪？）

輪廓像蛇是錯不了，但因為妖怪躲在屏風後面，所以他看不到那隻妖怪的特徵。

「等、等一下！」

青兒在行李裡面翻找，拿出一本大開本的畫冊。

他像是在考試時偷看小抄的學生，用身體擋住皓的視線，悄悄翻頁。

「哎呀，那是鳥山石燕的畫冊嗎？」

「呃！」

在後面觀望的皓一下子就猜中了。

「你是特地從家裡的書房帶來的嗎？那麼重的東西——」

皓拿起畫冊，翻到封底，講話的聲音突然中斷。他的視線落在版權頁上的鉛筆加註：『泡水、日曬褪色。兩千圓。』

「……難道這是你去舊書店買的？」

露、露出馬腳了！

「呃，這是我前陣子在二手書店『BOOK OFF』碰巧發現的。」

「原來如此。其實這本書有出文庫版，書店就能買到全新的。」

「不會吧！我聽說這本書早就絕版了，還拚命地到處找耶！」

等到青兒心想「糟糕」的時候已經來不及了。

青兒放棄掙扎，像一隻夾著尾巴的狗一樣垂頭喪氣。

「呃，我只是覺得看這本書多學一些，會讓自己變得比較好一點。」

也就是主動進修的意思。其實他也知道自己根本沒有必要隱瞞，但是……

（一定會讓人覺得我不自量力，或是自以為了不起吧。）

因為這是青兒第一次有了想要幫助別人的念頭。

在長崎的孤島時，皓說過「相信」青兒看到的東西。

既然如此，青兒為了成為皓的眼睛，非得對自己的眼睛更有信心不可，所以他才會覺得首先應該要多學習一些關於妖怪的知識。

就算不能像皓一樣推理，只要他努力學習，或許能把助手這份工作做得更好。

但是就算打死他，他也沒辦法說出這些想法。

「呵呵呵呵。」

皓突然很嚇人地笑出聲，同時摸著青兒的頭，然後看到他本來就很凌亂的頭髮亂得更誇張，就說著「哎呀，不好」，用手幫他梳理。

「從下個月開始就在零用錢裡增加書的開銷吧。不要太勉強，剛開始時每個月三本就好，回去之後我再推薦一些書給你。」

——不會吧，全被他給看穿了！

青兒羞恥得顫抖，簡直想要鑽到餐桌底下。

「好啦。」

皓咳了一聲，翻起畫冊。

「你在倉房裡看到的真的是『像蛇一樣的東西』嗎？」

「啊，是，但我沒有看得很清楚。」

「唔……既然和『牛鬼』一起出現，最有可能的應該是『濡女』吧。」

這兩隻妖怪是搭檔嗎？

「妖怪通常是單獨出現的，但也有成雙成對出現的妖怪，譬如『舌長姥』和『朱盆』，還有相當有名的『牛鬼』和『濡女』。」

皓把書翻到某一頁。

——濡女的那一頁。

那是一條人頭蛇，頭是年輕女性的頭，頭髮又黑又長，看起來有些狼狽。

（……咦？）

青兒感覺有些不對勁。是什麼呢？在腦海的一角總覺得怪怪的。
「那個，濡女是怎樣的妖怪呢？」
「有人說這是海蛇變化而成的蛇妖。牠可以化成人形，但頭髮總是濕答答的，所以才被稱為濡女。」
「呃，為什麼和牛鬼是搭檔呢？」
「我現在解釋給你聽。」
皓翻到刊載著濡女的《畫圖百鬼夜行》另一頁。
銳利的鉤爪，威風到駭人的長角，眼睛鼻子嘴巴看起來都和牛一樣，布滿硬毛的身軀會令人聯想到蜘蛛。
旁邊寫的名字是「牛鬼」。
「這就是牛鬼，這種妖怪通常出現在瀑布、深潭、海洋之類有水的地方。就像你看到的一樣，牠是牛頭鬼身，也可能是相反的鬼頭牛身。」
「這樣啊……但我覺得牛這種形象並沒有多可怕。」
「在古典文集《枕草子》，還把『牛鬼』一詞列在『名字令人害怕的東西』之中喔。」

「咦？人們從那麼久以前就開始怕牛了嗎？」

「是啊，因為人一直在奴役牛，讓牠耕田、搬運重物，中世紀的人害怕牛和人的地位會顛倒過來，所以才把牛和鬼的形象湊在一起。從外觀看來，共通點就是長角。」

真是罪過啊。

「說牛鬼和濡女會成雙出現的是流傳於山陰地方的版本。傳說的內容是——」

當人走在海邊時，一個女人從水中冒出來，她會拜託這人幫她抱嬰兒，若是接過嬰兒，她就會消失在海中。

抱在懷中的嬰兒會漸漸變得像石頭一樣重，此時牛鬼就會出現，用角把這人刺死。

「好惡毒的仙人跳。」

「用現代犯罪的角度來看，牛鬼就是謀殺的正犯，濡女則是負責布局的共犯。」

若是對應到國臣的案件……

「那麼一虎先生就是正犯，而爛子女士是共犯？」

「沒錯，而牧人先生則是被他們兩人嫁禍的犧牲者。」

若是把傳說的內容對應到案情……

「案件的概況應該是這樣：『濡女』代表爛子女士讓國臣先生抱著嬰兒，然後『牛鬼』一虎先生出現，用角刺死他——也就是用刀子殺了他。」

沒錯，國臣是被球棒痛毆之後死於刀下。

「若是這樣的話，留在國臣先生遺體上的謎就有答案了。」

「什麼答案？」

「第一點是他的遺體上沒有防衛傷，第二點是毆打的傷痕都集中在背後。從這兩點來看，國臣先生被凶手用球棒毆打時並沒有逃走，也沒有用雙手護住頭和身體，反而一直背對著凶手蹲在原處。」

唔，這怎麼想都很不合理。

「若情況是這樣就很合理了：國臣先生遭到攻擊時雙手不能自由活動，所以他才沒有反擊，也沒有擋住身體——換句話說，他的懷裡抱著必須犧牲性命去守護的東西。」

……等等。

等一下，難道……

「是的，那就是繭花小姐。因為濡女本來就是一種『抱著沉睡嬰兒的妖怪』。當時國臣先生的懷裡正抱著高燒昏睡的繭花小姐。」

八歲的繭花當時得了時節不對的流行性感冒，徹夜照顧她的是繼母爛子。國臣身為丈夫和父親，自然會陪在她們身邊。

「以下只是我的猜測。」

皓賢起食指，用這句話當開場白。

「首先，爛子女士在午夜十二點後讓國臣先生抱著生病的獨生女去地藏堂，最簡單的方法就是說『想要帶繭花去醫院看夜間門診』。當時附近有隨機攻擊事件，而一虎先生又出門了，這正是要求國臣先生同行的最佳理由。」

接著，爛子和國臣父女倆一起走下坡道，說不定她還事先讓繭花吃了安眠藥。後來三個人來到凶案現場，也就是地藏堂前。國臣先生有拜拜的習慣，一定會在那裡停下來。他手上抱著繭花，朝著格子門低頭祈禱。就在這時……

「國臣先生突然看到『某個東西』。爛子女士抓準時機，吹口哨發出暗號，一虎先生聽到聲音就跳了出來，用他準備好的球棒毆打國臣先生。」

「呃，某個東西是什麼？」

「多半是日本錦蛇的幼蛇吧。一虎先生是抓蛇的專家，他事先抓了一條蛇，弄昏以後放在地藏堂前。」

「咦？為什麼要這樣做？」

「為了讓國臣先生以為腳下有蝮蛇。」

沒錯，日本錦蛇的幼蛇長得很像蝮蛇，在視線不佳的夜晚更是難以分辨。

「所以國臣先生不能先把繭花小姐放下再反擊，也沒辦法逃走。萬一遭到追擊，沒有抱好繭花小姐，她說不定會被蛇咬到。」

成年人被蝮蛇咬了都要幾個月才能痊癒，繭花那時的年紀小，又因為高燒而衰弱不已，如果被蛇咬到，或許就保不住性命了。

「但、但是，你怎麼知道他的腳邊有蛇？怎麼知道暗號是口哨聲？又沒有任何跡象顯示出這些事。」

「是因為繭花小姐的筆記。她在筆記裡寫了自己異常畏懼『擋在路上的蛇』和『夜晚的口哨聲』，而且是從國臣先生死後才開始怕的。」

喔喔，原來如此。說不定她會害怕這些東西就是因為案件引起的心理創傷。

「繭花小姐在案發時一直在昏睡，所以這件事在她的心中造成無意識的創傷，成了案件的『後遺症』。出現在地藏堂前的蛇和引發殺機的口哨暗號——對這些東西的恐懼逐漸侵蝕她的心。」

對繭花來說，那些東西是致她父親於死地的預兆。是那些東西害死了始終不肯放下她、用自己的身體守護她不受傷害的父親。

那具遺體之所以有那麼多異狀，原來是一位父親犧牲性命保護懷中孩子造成的。

「國臣先生被正犯一虎先生用球棒毆打，最後被刀子刺死。會選擇木製球棒為凶器，想必是一開始就計劃要嫁禍給牧人先生。只要遺體上有『球棒毆打的痕跡』，大家自然會聯想到以前發生過的隨機攻擊事件。」

事實也是如此。

「後來爛子女士抱著昏睡的繭花小姐回到家，處理掉了凶器之一的球棒後，若無其事地繼續照顧繭花小姐。一虎先生則用報紙包住沾血的刀藏在懷裡，跑回了青年團的執勤所。」

接著他聳恿喝得醉醺醺的青年團成員，衝進牧人的家裡搜索。

「他在搜索時把藏在懷裡的刀子放進抽屜，再假裝和夥伴一起發現凶器。就算報紙上留有他的指紋，但既然他是發現者之一，就不用擔心被警方懷疑。」

「那、那麼，牧人先生就是被冤枉的囉？可是他為什麼要自殺？」

青兒問了以後才想到，牧人上吊自殺並不是因為國臣的案件，而是為了另一件事。
「沒錯，是因為隨機攻擊事件。因為那件事確實是牧人先生做的，所以看到青年團怒氣騰騰地跑來，他就誤以為他們是來抓隨機攻擊事件的凶手。」
也就是說，牧人根本不知道國臣被殺的事，也不知道自己蒙上了殺人罪名，只是害怕自己因犯下傷害罪而被逮捕，所以選擇自殺。
「我想凶手不可能事先料到牧人先生會自殺，但這等於是天上掉下來的好運，因為死人是不會說話的。」
結果，這樁案件出現了兩位犧牲者，第一個是直接被殺的國臣，第二個則是被當成嫌犯而自殺身亡的牧人。
「可是，為什麼會做出這麼可怕的事情呢？」
青兒用嘶啞的聲音問道，皓歪著頭說：
「若用一般人的邏輯推測，理由應該和繭花小姐的親生母親一樣吧。因為討厭年齡差距太大的丈夫，就和家裡僱用的男人廝混在一起，企圖謀害親夫。而且她只要養育丈夫的獨生女繭花小姐，就能侵占全部家產。」
真是壞得無可救藥。不過也正是因為這樣，所以很容易理解。

「難以理解的是藟花小姐。這兩人在她的眼中應該會變成『牛鬼』和『濡女』，也就是說，她一眼就能看出誰是殺了她父親的凶手。但是……」

是啊，她怎麼能和殺父仇人像家人似地一起生活呢？

還不只是如此。

『對我來說，她不只是母親，還是我的姊姊、朋友，還有……』

爛子害死國臣，藟花卻深深依戀著爛子——這兩件事怎麼想都有矛盾。

此時皓像在說悄悄話似地壓低聲音。

「其實我聽到一些不好的傳聞。從那些話的內容聽來，藟花小姐似乎會利用照妖鏡的能力做壞事。」

「啊？怎麼會呢……有辦法做壞事嗎？」

要怎麼做啊？照妖鏡是能夠揭穿別人罪行的魔鏡，除了用來幫助別人之外，好像就沒有其他用途了。

「呵呵，這確實像是你會說的話。」

皓一臉開心地摸摸青兒的頭。他是瘋了嗎？

「照妖鏡既然可以『揭穿別人的罪行』，當然也可以『抓住攸關別人生死的弱點』，因為只要把那人的罪行公諸於世，那人就玩完了。也就是說，你的眼睛很適合用來勒索別人。」

「……啊？」

勒索，意思是抓住對方的弱點、威脅對方給錢嗎？

「我先換個話題。話說網路上流傳著『吃人旅館』的怪談。」

皓藉著這句開場白，說出一樁類似「招來死神的偵探」的可疑都市傳說。

那是幾年前發生的事。有一位不太出名的女演員，因為某個男人的介紹而投宿一間山中旅館，結果出現一位不知是人還是魔的少女指著她說「Ubagabi」。

半個月後，她收到一封勒索信，信裡提到她隱藏的罪行。

她以前因為討厭鄰居老太太經常來偷煤油，於是把煤油換成汽油。原本只是小小的惡作劇，沒想到幾天後就發生了煤油暖爐爆炸的意外，老太太一家人都被燒死了。

雖然有流言說她是凶手，但警方最後並沒有找出她犯罪的證據。

「她被勒索了好幾年，付了很多錢，最後留下遺書自殺了。寫下這則怪談的不是她本人，而是唯一知道真相的經紀人——這就是故事的結局。」

「咦？你剛才說的『Ubagabi』……」

「嗯嗯，應該就是《畫圖百鬼夜行》裡面的『姥火』。有一個每晚偷油的老婆婆，死後變成了火妖。」

「那麼故事中提到的『不知是人還是魔的少女』是……」

「是繭花小姐。至於介紹旅館的男人想必就是一虎先生。他邀請了聽說做過壞事的人來到旅館，利用繭花小姐的眼睛揭穿對方的罪行，再藉此勒索。」

會被勒索的都是害怕被警察抓到的罪人，所以想必有不少人受到威脅就乖乖地付出巨款。

「也就是說，繭花小姐不只接受了一虎先生和爛子女士殺死國臣先生的事，甚至一直幫這兩個人做壞事。」

「她為什麼會這麼做呢？」

「或許是受到威脅……但我覺得應該不是這樣。」

這麼說來，她也是其中一個該下地獄的罪人。

但青兒在意的是……

「那繭花小姐為什麼一直是人的模樣呢？」
「嗯？」
「如果『吃人旅館』的怪談是真的，參與壞事的繭花小姐在我眼中應該會變成妖怪，但我從來沒看過她有什麼改變。」
是啊，好比說「雲外鏡」。那是照妖鏡的妖怪化身，很適合用來代表繭花小姐利用魔鏡的力量做壞事的罪行。
「……這樣啊，很有道理。」
皓喃喃說道，摸著下巴陷入沉默，那飄移的眼神顯然是在思考。
（呃……我最好不要打擾他。）
青兒提醒自己別又犯了插嘴的毛病，把自己的妖怪畫冊拿回來。
他要查的是「雲外鏡」，希望能從說明文字之中得到一些提示，但是他還沒翻到那一頁，就先看到令他難以置信的東西。
「皓！你快看看這個！」
——蛇帶。
這隻妖怪的畫像是一條放在房間裡的衣帶，像蛇一樣扭曲爬行的模樣。牠正要爬上屏風發動攻擊。青兒越看越覺得……

「說不定我剛才在倉房裡看到的不是『濡女』，而是這個『蛇帶』。」

他看到「濡女」畫像時有一種不對勁的感覺，或許就是因為這幅畫像在他的心中留下了印象。這是旅行前臨時抱佛腳的成果。

皓盯著那幅畫，自言自語似地說道：

「像蛇一樣爬行的衣帶，這是女人嫉妒心的化身。女人會因為嫉妒而變成蛇，最具代表性的就是《道成寺》的故事。」

他白皙的手指慢慢撫過衣帶彎曲的線條。

「不惜捨棄人的身分也要實現願望，這種強烈的執念讓人變成蛇——這條蛇顯示出了內心的地獄，和夜叉的概念很類似。」

但皓又繼續說：

「如果你看到的是『蛇帶』，那先前的推理就有問題。」

的確，皓假設爛子的罪是「濡女」才做出那番推理。如果青兒看到的不是濡女，推理的根據就整個被推翻了。

「既然如此，我們來討論其他可能性吧。說不定你看到的『蛇帶』不是爛子女士，而是另有其人。」

青兒不禁「咦」了一聲。

「可、可是，屏風後面放著燭台和香爐。依照繭花小姐所說，爛子女士是今天早上過世的……」

「是啊，我們只是憑著這些訊息而假設屏風後面的人是爛子女士，但你從頭到尾都沒有親眼看到那個人。」

沒錯，青兒真正看見的只有「屏風後擺著為亡者供奉的燭台和香爐」以及「某人變化成蛇帶的樣子」。

但是……

「所以屏風後面到底是……」

青兒正想問那個人是誰。

「難道……」

皓喃喃說著，陷入沉默。看他的表情像是想到了什麼奇特的事。

「啊啊，原來如此。這麼說來，這裡就是為我準備的地獄吧。」

青兒完全無法理解皓這句謎題般的發言。

「呃，那是什麼意思？」

青兒訝異地問道，皓卻笑著對他說：

「我有一件事要拜託你。」

「……什、什麼事？」

「我們兩人在此分別，你自己先下山吧。」

「啊？我一個人下山嗎？那你呢？」

「很遺憾，我還得再努力一陣子才能回去。」

皓的語氣開朗得很不符合這個場面，如同往常說著令人一知半解的話——不對，簡直就像故意不讓人聽懂。

「……我絕對不要。」

「啊？」

皓訝異地望著青兒，然後露出苦笑，像是理解了什麼。

「我知道你害怕一個人走夜路會碰到蛇……」

「不是，我擔心的不是自己，而是你。」

「我？」

「我覺得你的身邊最好有人陪著……雖然你可能不需要。」
就算是這樣，青兒還是希望皓不要單獨面對危險。就像長崎孤島那件事一樣，如果皓有了性命危險，青兒希望至少可以兩人一起面對。
不過，陪著皓的若是青兒，恐怕也只會礙手礙腳吧。
（如果我陪在他身邊，或許可以改變些什麼。）
青兒就是抱著這種想法才跟皓一起來到這裡。既然他能做的只有陪著皓，他實在不想丟下皓一個人。
（可是……）
其實青兒很明白。他很害怕，怕得不得了，就像繭花害怕蛇和口哨聲一樣。
他最怕的是再次失去唯一的朋友。
「你還是老樣子呢。」
皓用充滿感慨的語氣說道。
他把臉湊近青兒，露出苦笑般的微笑說：
「你大可直接說想要留在我的身邊嘛。」
青兒聽得啞口無言。皓拉起他的右手，用另一隻手勾住他的小指——打勾勾。

「我們一定可以一起回去的，所以請你等著。」

——也只能相信他了。

因為皓溫柔微笑的臉龐，和他平時在書房裡看到的一樣。

「約好了喔。」

青兒再三強調，然後把浴衣換成便服，提起已收好舊書店買的破爛畫冊的行李。他拿的當然是兩人份的行李，最近若是只提一人的行李都會覺得不太自在。

「哎呀，你的東西掉了。」

「喔，謝謝。」

皓拿給青兒的是他本來放在羽絨外套口袋的香菸。大概是穿外套時掉出來的。

「你要小心點。」

「你自己才該多注意。」

說完，青兒就走出了離館。

雖然青兒一路上很怕再次迷路或遇到蛇，但這次順利地走出穿廊，跨過主屋前的欄杆跳下前庭。

走出森然聳立的山門以後，青兒用手機的光芒照著路，心驚膽戰地走下石階。前方蜿蜒的山路看起來如同一條巨大的蛇。

（總覺得空氣怪怪的。）

此時正颳著強風。皮膚出現微微刺痛的感覺，像是暴風雨的前兆。

——有什麼東西正在接近嗎？

大概是想太多了。

心中理智否認的聲音顯得軟弱無力，本能發出的警鐘讓心臟越跳越急促。快一點，得快點離開這個地方才行。

理由是……

——有東西。

青兒覺得自己正被盯著。彷彿有一雙眨也不眨的蛇眼正潛伏在暗處盯著他。

——是蛇嗎？

還是壞人？或是魔物？

「哇！」

突然颳起一陣強風，幾乎把青兒吹倒。石階左右兩旁的紅葉發出窸窣聲響。

緊接著——

「……咦？」

青兒愕然地睜大眼睛，抬頭看著後方的石階。

他發現一件不可思議的事。每次看到這座山裡的紅葉就會感到異樣陰森的理由。

（怎、怎麼會……）

沒有落葉。

即使颳起這麼強的風，卻沒有一片葉子離開枝頭落到地上，彷彿他眼前滿山遍野的紅葉全是製作精巧的人造物品。

『這些乍看好像是日本紅楓，但顏色有些奇怪。』

『這景象似乎不太適合稱為絕景。老實說，有點嚇人。』

青兒的耳中響起皓說過的話。

回想當時，在離館裡從賞雪木格子門看外面的小溪時，水面上連一片落葉都沒有。照理來說，葉子應該會像地毯一樣鋪滿整個水面才對。

這個地方很奇怪，不對勁到可怕的地步。

想起皓之前說過的話，青兒才發現皓早就察覺到這地方的異常。可是，他卻留在旅館裡，只叫青兒一個人離開。

簡直就像把自己當成誘餌，讓青兒獨自逃跑。

「怎麼可能……」

在青兒尖聲喃喃自語的時候……

褲子後方口袋裡的手機響起，是來電鈴聲。看來走下石階就收得到訊號了。

（是紅子小姐嗎？）

青兒緊張地望向螢幕後，忍不住「咦」了一聲。

——鳥邊野佐織。

（她為什麼會打給我……啊，是因為皓的手機收不到訊號吧？）

恐怕是因為這樣，她只能打給掛名助手的青兒。他在沙月那件事的時候跟佐織交換過聯絡方式，沒想到會在這種時候派上用場。

青兒滑了一下螢幕，接通電話。

『喔喔，太好了。我想打電話給西條先生，可是電話和郵件都聯絡不上他，我還在擔心是不是發生了什麼事呢。』

簡單打過招呼後，佐織以安心的語氣說道。

『這麼晚打電話給你真是抱歉，但我實在是放心不下。』

「不會。那個……有什麼事嗎？」

青兒這麼一問，佐織猶豫地沉默片刻。

『我要先問一個問題，你們兩人該不會去了名片上的旅館吧？』

青兒只能說他們現在就在這裡，但這樣對佐織來說根本是偷跑的行為。他不知道該怎麼回答，嗯嗯啊啊地敷衍了一會兒後，只聽佐織說：

『其實我們總編的酒友中有人來自那個村子，所以幫我們介紹了知道詳情的人，那是一位名叫鳩谷的女性。』

「咦？就是筆記裡面提到的幫傭婦嗎？」

『是啊，就是她。她是淺香家的傭人，在國臣先生過世之後就被解僱了，她到現在還懷恨在心呢。』

……原來筆記裡那位壞心阿姨依然健在啊。

『今天我打電話給鳩谷女士，結果她跟我說那間旅館早就停業了，而且是在繼母爛子生病過世的兩個月前。』

青兒足足有三十秒說不出一句話。

「呃，可是，那個……」

他能說的只有：「怎麼可能？」

怎麼可能停業？直到剛才他還待在名片寫的那間旅館，而且爛子應該是在今天早上過世的，倉房裡像是放著遺體的樣子。

『依照鳩谷女士的說法，名片上的地址根本是假的。』

「什、什麼意思？」

『聽說九谺旅館位於長滿杜鵑花的小山丘，在村子西邊，山腳下有一間地藏堂。』

「那、那名片上的地址呢？」

『那是車站後面的山寺。原本是供修行者住宿的，但現在沒人繼承，也就是沒有住持的寺廟。這地方跟繭花小姐他們一點關係也沒有……啊，對了，聽說那邊的山腳下也有一間地藏堂。』

她說的……不就是青兒現在所在的地點嗎？

青兒想說「怎麼可能？」卻發不出聲音，一直盤旋在心中的種種異樣感也漸漸變得清晰。

第一點，網路上找不到旅館的官方網站，也沒有任何評論。

第二點，他第一眼看到旅館就有一種「很像山寺」的感覺。

第三點，除了沒有寫著旅館名字的招牌之外，房裡也看不到像保險箱和電話這些一般旅館會有的東西。

也就是說，青兒他們今天住的地方根本不是九硎旅館，而是一間無人的廢棄寺廟。

「可、可是，繭花小姐為什麼要做假的名片？」

『我也不知道。鳩谷女士還說，繭花小姐在半個月前失蹤了。』

「……啊？」

『大概在做完爛子女士的七七法事、遺骨入塔之後，她就突然消失。而且連總管一虎也下落不明。』

青兒完全說不出話。

這實在太奇怪了，他在不久前明明還見過那兩個人。

「怎麼可能！」

『是啊，怎麼想都不可能，因為我幾天前才跟一個像是總管一虎的男人講過電話，鳩谷女士卻跟我說他失蹤了。』

如果可以隨便推說是誤會，事情就簡單了。可是據佐織所言，現在警方也正在找那兩個人，可見得他們真的在半個月前就從村子裡消失了。消失得毫無預兆，像是被神隱了。

「說不定他們只是半夜潛逃，後來又偷偷跑回來。」

『鳩谷女士說，繭花小姐之所以失蹤是為了逃避警方的搜查，因為兩個月前病死的爛子女士其實是她親手殺死的。』

……她說什麼？

「不、不是吧？我聽說爛子女士有先天性的心臟病耶。」

『是啊，她的死因確實是急性心衰竭。聽說她每晚都要吃降血壓藥，前年雖然動過手術但沒有成功，病情一直惡化。』

「那她應該是病死的吧？」

『但是鳩谷女士說，繭花小姐失蹤後，在她的物品中發現了升血壓藥。』

「……升血壓藥？」

『那種藥物的效用和降血壓藥正好相反。如果爛子女士吃了那種藥，就會引發心律不整，甚至是心跳停止，所以很可能被當成因為急性心衰竭而病死的。』

青兒感覺腦袋像是被鐵鎚敲到。

可是，如果繭花真的在爛子的藥裡面混入升血壓藥，就能神不知鬼不覺地毒殺成功吧。

「那麼，這難不成是繭花小姐的……」

復仇？

對繭花來說，爛子是不共戴天的殺父仇人。就算她不想變成孤兒、只能跟繼母住在同一個屋簷下直至成年，心中應該還是充滿恨意。

但是……

「……那個，其實我剛才見過繭花小姐。」

『咦？』

青兒終於說出實情，雖然一開始說得猶豫不決，但他還是完整地說出見到繭花和住在離館裡的經過。

佐織沉默了好一陣子，像是在思考。

『那個自稱是淺香繭花的女人長得什麼模樣？』

「她……眼睛是琥珀色，五官如蠟像一般精緻，是個皮膚白皙的美女。」

青兒回答之後，就聽見話筒另一端傳來吸氣的聲音。然後……

『那個人不是繭花小姐。』

「咦？」

『鳩谷女士說，薾花小姐的左臉上有一塊與生俱來的胎記，形狀像是扭曲的蛇。她會被親生母親丟下也是因為這個理由。』

青兒想起了筆記裡的一句話。

——妳那副外表就是遭到作祟的徵兆。

青兒本來以為這句話指的是薾花眼睛的顏色不像日本人，沒想到是在嘲諷她臉上的胎記。

既然如此……

「那我見到的女人又是誰呢？」

青兒發問的聲音不自覺地顫抖。

這次的事從頭到尾都很詭異。如果佐織說的沒錯，出現在青兒他們面前的「淺香薾花」就是和本人完全不像的冒牌貨。有人假冒了薾花。

（那麼……她到底是誰？）

不祥的預感讓青兒感到毛骨悚然，指尖像貧血似地發冷，手心卻不停冒汗。

他忍不住回頭，看見悄然聳立在紅黑兩色夜幕中的山門。

（那間旅館到底發生了什麼事？）

青兒有種可怕至極的預感。如同在暗夜爬行的蛇，無法挽救的危險一步步逼近。

至於是逼近誰就不必說了。

因為現在還待在異界旅館裡的客人只有皓一個。

（我還是回去吧。）

青兒幾乎是無意識地掛斷電話。他不顧跟皓勾過小指的約定，往石階跑去。

這時……

「咦？」

他忍不住喊出聲音。

風已經停了。

同時有一個聲音浮上他的心頭，就像在他耳邊低語。

——太遲了。

轉眼之間，青兒的面前出現地獄般的景象。

通往山門的石階左右兩旁把夜空點綴成一片紅的樹林，還有環繞著旅館的滿山樹木，一瞬間燃起了熊熊火焰。

整座山彷彿變成深紅色的大蛇，慢慢地昂起頭部。

——山林發生了火災。

*

爛子出生在代代從事巫覡的家族。

在她母親生產時，擔任助產士的姨婆看到剛出生的爛子，就喃喃地說了這句話：

「這孩子生得不好，看起來就像是一半的靈魂還留在另一個世界。」

她說，這孩子一定活不久。

如同姨婆所言，爛子一生下來心臟就有缺陷，但她還是活了下來。不，應該說她勉強活了下來。

她是個近似妖怪、近似神靈的女孩。

因為爛子打從出生就不會說話。

如果放著她不管，她可以整天一動也不動，呆呆盯著佛壇的天花板。她記得天花板上有一條龍，周身圍繞著濃密的烏雲，在泛黑的天花板上打轉。

爛子的眼睛應該是看到了還殘留著她一半靈魂的另一個世界，也就是幽冥的世界，那裡有無數的魑魅魍魎。

幽靈、妖怪、怪物、鬼魅、妖魔、異類——自從懂事以後，爛子看到的世界裡一直充斥著非人的東西，或曾經是人的東西。

上門推銷的銷售員脖子上，像圍巾一樣繞著一隻有割腕痕跡的女人手臂。經常跑來庭院的無頭貓，大概是因為車禍而斷了頭。

她走進客廳吃飯時，會看到小鬼抱著醬油小瓶子，伸長舌頭吸食裡面的醬油；夜晚上床就寢時，有個小指大小的女人坐在她枕邊彈著三味線。睡在她身邊的母親雙腿間跳出一隻有著人眼的金魚，牠跟爛子對上視線後就開始哇哇啼哭。那或許是母親以前打掉的未成形胎兒吧。

爛子的世界不斷翻轉，從現世變成幽冥，從現實變成非現實，轉變快得令人眼花撩亂。說不定那只是瘋子才能看到的白日夢。每次爛子見到那情景就會發燒，嚴重的時候甚至會臥病一整晚。

爛子的父母把她拱成「活神仙」當作賺錢的工具。每次爛子發燒昏睡，村人聽了都會蜂擁而來求東求西。

從治病到找尋失物，從婚嫁好壞到家運吉凶——平時不說話的爛子，只有在發高燒呻吟時才會說出「神諭」，簡直像是有神靈或魔物附在她身上，借用她的嘴說話。奇妙的是，她說的事情總是會實現。向村民們收取的費用供應了爛子他們一家所需。

爛子不記得自己何時好好地上過學，她甚至沒辦法正常讀寫，而且只要她去上課，學生家長就會來向學校抱怨。

——快點把那個騙子趕出去。

好笑的是，就連去求助爛子的村民都會在私底下批評她是「假靈媒」，但是碰上壞事的時候，又會謙卑恭敬地跑去拜託爛子。

——真是太愚蠢了。

可是遲來的初經出現後，爛子就不再發燒了。她再也看不見那些景象。

驚慌失措的父母把只穿著內衣的爛子關在浴室，害她染上風寒，最後還引起了肺炎，但這一切的努力都是徒勞無功。

於是爛子的地位被貶為麻煩的米蟲，除了那些想占她便宜而給她零用錢的男人以外，任誰看見她都把她當成避之唯恐不及的髒東西。

她就是在這個時候和繭花相遇的。地點是村子溪邊的杜鵑花山丘。山腳下的地藏堂前有幾個孩子。

——籠目，籠目。

——籠中的鳥兒啊。

這是流傳已久的大地遊戲。在傍晚變成鴨跖草顏色的天空下，孩子成群嬉戲的影子像小鬼一樣，爛子因懷念而停下腳步。正聽見一陣笑聲，她就看見有個路過的小女孩被拉進他們圍成的圓圈中。

——籠目，籠目。

——籠中的鳥兒啊。

女孩被四面八方的孩子推來推去，蹲在圓圈中央，站在她背後的大男孩還掬起一把沙子從她的頭頂灑下。

「妖怪哭了喔，快逃！」

孩子們四散逃走，其中有人還扔了小石頭，留下的只有被稱作妖怪的女孩。

——咦？她真的是妖怪嗎？

爛子好奇地蹲在女孩面前。

女孩像隻膽怯的幼獸，猛然抬起蓋滿沙子的頭。爛子本來很擔心她哭了，可是她的臉上沒有淚水。
爛子有點驚訝。她很像某個人——還沒想到這件事，爛子就發現女孩很像小時候在鏡子中看到的自己。女孩的臉上和她一樣充滿了名為放棄的空虛表情。
爛子不會說話，只能比手畫腳，女孩看了便點點頭。這女孩很聰明，似乎看懂了爛子的意思。
——為什麼他們說妳是妖怪呢？
明明就是個普通人。
爛子好奇地歪著腦袋，露出驚訝和困惑神情的少女——繭花——指著自己的左臉，上面有一條像蛇一樣的胎記。
「因為我很醜。」
爛子不解地歪著頭。
女孩又不是長了三隻眼睛，頭上也沒有長角，怎麼看都是個普通人類。這女孩和爛子根本差不了多少。
「而且我會把壞人看成妖怪。」
喔，原來如此，爛子明白了。

——這女孩大概和我一樣吧。

習慣群居的人類最討厭和自己不一樣的異類，爛子被他們排擠、厭惡、恐懼、敬畏，就像蛇一樣。

她是處於現世與幽冥邊界上的人，勉強活得像人的非人。

那麼，在這世上只有這女孩和她一樣了。

——只有她。

爛子牽起女孩的手，親吻了她那有著青蛇胎記的左臉。她的嘴唇離開後，繭花驚訝地眨著眼，以純真得不符合年齡的眼神注視著爛子。

她錯愕的模樣實在太有趣，爛子忍不住笑出來。

此時繭花才意識到自己滿頭都是沙子，就胡亂在頭上拍了一陣子，沙子似乎飛進爛子的鼻子裡，結果輪到她噴嚏不止。繭花一看也笑了出來，雖然乍看有點像哭臉，但這是她第一次對爛子展露的笑容。

不知不覺間，兩人開始每天泡在一起，就在這時候，一段意外的姻緣降臨到爛子的身上。

淺香國臣，那是繭花戶籍上的父親，四十多歲。他是個長相粗獷的大漢，但村裡的老人至今還是叫他「地主小子」。

他是不能繼承家業的老三，但光靠不動產和土地的收入，即使不工作也能過活，所以可以當個民間學者整天做研究。

即使對方有孩子，而且兩人的年齡差距大到可以當父女，爛子的父母還是為了聘金而爽快地答應這樁親事，像是賣貓狗一樣把爛子給賣了。

爛子名義上是嫁給國臣為妻子，實際上卻是藹花的玩伴。所有家務都是由幫傭婦鳩谷負責，爛子的工作其實是保母。

但是鳩谷看爛子很不順眼，每天都到處說她的壞話，什麼色情狂啦、低能兒啦、騙子啦。就算別人不說，爛子也覺得自己很笨，但是那人未免太閒了。

藹花不像爛子，她是個愛看書的聰明孩子，但不知為何沒有去上小學，所以兩人從早到晚都待在一起。

爛子不會說話，而藹花也是個非常沉默寡言的女孩，不管大人怎麼跟她說話，她都只是點頭或搖頭，必須說話的時候頂多說個兩、三句。

不過藹花知道爛子無法正常求學之後，就開始教她讀書。九九乘法、漢字、除法、乘法——有些東西其實爛子已經會了，但藹花每一樣都教得很詳細，而爛子也會在藹花要求時吹口哨給她聽。

仔細想想，她們的相處情況真的很特別。就算沒有視線交會，就算沒有笑容以對，只要待在對方身邊，她們就能理解彼此的想法。

兩人都只信任對方，只依賴對方。

她們不是母女，不是姊妹，甚至不是朋友，但爛子的身邊總是有繭花陪著，繭花的身邊總是有爛子陪著。

彷彿只有跟對方在一起的時候，自己才算是個人。

爛子聽到繭花叫她的名字時才會覺得自己是人。或許這種想法根本就不正常。但是對她們兩人來說，這種生活確實很幸福。

——直到佐和田一虎這個男人出現為止。

追根究柢，這男人是鳩谷因為腰痛而吵著要僱用的。他是個長相凶惡的遊民，在繭花看來就像是妖怪「泥田坊」。據說他之前是幫人收購土地，因為做了不少壞事而逃亡。

詐騙、設局、勒索、打人——那個男人看起來就像是很習慣做這些事，如同爛子的父母一樣。對這種不入流的壞蛋來說，爛子是最好的獵物。

薊花或許是發現了這點，所以她好一陣子都緊緊跟著爛子，但是爛子到了夜晚還是會落單。後來，一虎竟開始慫恿爛子謀殺親夫。

一虎威脅爛子，說她如果拒絕就要殺死薊花；要是她敢告訴別人，就把她被男人們逼著拍下的照片寄給淺香家的所有親戚。這麼一來，不管國臣再怎麼幫她說話，她絕對會被迫離婚。

話說鳩谷本來是淺香家找來給國臣當續弦的人，所以要是發生了那種事，她一定會拿著掃把將爛子趕出去。

她若是不肯答應，就只剩下一個選項。

因此爛子如今在這裡。在五月的一個夜晚，她站在因流行性感冒而臥床的薊花枕邊，默默向她道別。

或許該說此生都不再相見了。她打算坐上早上第一班電車離開。

她孑然一身地逃走，絕不可能過上像樣的生活。即使飛出鳥籠，如果不知道該飛往何處，最後也只會被野獸啃食。

爛子唯一擔心的是薊花，但是只要有父親國臣在，她一定不會有事的。

聽說國臣小時候因為口吃的毛病而被兄弟排擠，所以才會開始學習武術。如今他對人依然懷有恐懼，而繭花在他眼中就像小時候的自己，他必定是因此才決心要成為她的父親。他娶爛子為妻的理由也都是為了繭花。

他們真是一對相似的父女。雖然沒有血緣關係。

——希望他們兩人能好好地活下去。

爛子坐在繭花枕邊如此祈求，輕輕摸著她的臉頰。她一觸碰繭花就感受到溫暖。這比什麼都令她開心。就算今後再也碰觸不到。

——對不起。

言語哽在喉嚨裡，好不容易吐出的只有這麼一句。

不會說話的爛子連這一句話都沒辦法發出聲音。她沉默地道別後，正要站起來……

——不要走。

繭花的嘴唇顫抖著說著夢囈。因發燒而冒汗的眼皮仍然緊閉著。

——我只要有爛子就好了。

——所以別再哭了。

直到下巴滴下淚水，爛子才發現自己哭了。她也發現是因為淚水滴到繭花臉上，才讓她開始說夢話。

一旦發現，她就再也沒辦法假裝不知道，沒辦法再欺騙自己。

——我想要待在妳身邊。

——我希望我們兩人永遠在一起。

——我想和妳一起活下去。

爛子抱住那小小的身軀，不知為何，她覺得自己也被擁抱著。兩人同樣地得到了溫暖，這比什麼都令她開心。

而且，如今繭花就在她的懷裡。

這個女孩和自己一樣，是她好不容易才得到的唯一寶物。

爛子小心不要吵醒繭花，輕輕地吹起口哨。

仔細想想，不會講話的她只能用口哨來代替哭聲。她在寒冬只穿著內衣被趕出家門、只能找單身男人拿零用錢或借宿的夜晚，也都會吹口哨來轉換心情。

——願意聽的只有繭花。

人們都說晚上的口哨聲很不吉利，但爛子還是一直用口哨聲的旋律當作搖籃曲。即使夜晚過去、隔天清晨來臨之時，她就會成為殺夫的罪人。

無論是蛇也好，壞人也好，魔物也好。

如果夜晚的口哨聲會引來這些東西，那就快來吧。

要咬就咬吧。

要搶就搶吧。

要吃就吃吧。

即使身體化為白骨，即使靈魂墮入地獄，爛子也會笑著這麼說：

——只有這孩子是屬於我的。

*

裡面像是一個陰暗的盒子。

照進採光格子窗的月光朦朧不明，裊裊香煙也是飄忽不定。左右兩邊牆壁似乎擺滿了書櫃，正前方有一面屏風。

——這是倉房之中。

「我是聽說有賞月酒才來的。」

少年苦笑著說道，背後的黑影緩緩移動。

出現在月光下的是琥珀色眼睛的女人。她頂著出眾的美貌，歪著頭說：

「是啊，不嫌棄的話就請留下來吧，獨自過夜一定很寂寞。」

「……這可不是該對孩子說的話。」

「對孩子才該這樣說呢。」

女人回以溫和的笑容，少年一聽就睜大了眼睛。

「我看起來像是需要有人陪著睡覺的小孩嗎？」

「如果你想，我可以陪著你。如果你想念過世的母親的話。」

「我心領了。這是在模仿《龍潭譚》吧。」

聽到少年乾脆的回答，女人把眼睛瞇得像刀刃一樣細。

「哎呀，你發現啦？」

「做得這麼明顯怎麼可能沒發現。其實早在聽到九谺旅館這個名字時就該發現了。」

少年聳著肩，臉上露出像是自嘲的苦笑。

「去路是紅色，來路也是紅色——筆記裡的這句話，就是在模仿泉鏡花的《龍潭譚》。這故事說的是一位少年神祕失蹤後在異界邂逅了女妖的幻想故事，地點就是在『九毊』，和這間旅館的名字一樣。」

少年邊說，邊在畫了洶湧波濤的屏風前坐下。在陰暗中特別顯眼的一身白衣襯托下，淺灰色的信玄袋看起來就像一滴墨水。

「去路是躑躅，來路也是躑躅——原文指的是杜鵑花山丘（註4）。也就是說，筆記裡說的『紅』並不是指『紅葉』，而是指『杜鵑花』。每到蛇的季節，附近一帶就會染成一片深紅——這不是指蝮蛇出沒的秋末，而是蛇從冬眠中醒來的春末。五月也正是山杜鵑的季節。所以命名為『九毊』的旅館，本來應該是在開滿杜鵑花的地方，而不是在這裡。」

少年繼續說道。

「這地方是假的。恐怕是利用繭花小姐的筆記和名片引我來的陷阱，沒錯吧？」

他銳利的視線盯著坐在前方的女人，她柔媚地聳著肩說：

「是啊，我暫時借用了這間廢寺，張設了結界。你知道邊界是哪裡嗎？」

「多半是石階前的蛇橋吧。那就是異界的邊界，說不定這整座山都設了結界。也就是說，當我們跨過那條蛇時，就已經自人世消失，所以手機才會收不到訊號。而且我如今還被逼到無法向外界呼救的處境，真可說是窮途末路啊。」

「既然你明白，那我就省事多了。順帶一提，你現在不只沒辦法向閻魔殿求救，甚至沒辦法召喚你父親手下的任何一隻妖怪，因為我已經施了咒。」

說完，她的指尖出現一片紅葉。

她把玩著紅葉，然後輕輕按在唇上。少年對這個動作記憶猶新，因為他自己在剛到達這間旅館時也做過同樣的動作。

紅葉突然扭曲變形，化為一條紅色的小蛇，但是轉眼間牠就從尾巴化為一陣輕煙消失不見。

原來如此，落在胸口的那片紅葉就是封印的咒法。

「我是不是該說『中計了』？話說你的鬧劇也該結束了吧，荊先生。」

女人睜大眼睛說著：「喔？」

她抓住如烏鴉一般黑的黑髮邊緣，一口氣摘掉假髮，底下露出顏色極淡的金髮，乍看就像老人的白髮。

註4　躑躅是杜鵑花的別名。

——白髮鬼。

那長長瀏海底下的琥珀色雙眼讓少年覺得很眼熟。只有這點一樣，和他命中注定的宿敵——死了一個雙胞胎哥哥的凜堂棘——一模一樣。

沒錯，現在站在這裡的是凜堂荊。

他大概是二十五歲左右，但皮膚白皙、體型纖細，看起來比少年還柔弱，感覺只要用拳頭一揮，如蠟雕般的骨頭便會碎裂，轉眼成為一具死屍。但蘊含在琥珀色眼睛裡的詭譎和渾沌，卻完全不像他給人的印象。

夜越來越深。

黑暗越來越黑暗。

那魔性的魅力充滿了死亡的氣息。

「聽說你們是雙胞胎，可是長得一點都不像呢。」

「是啊。我光是想像自己長得像他都覺得噁心。」

對峙的兩人是截然不同的顏色。

一個白。

一個黑。

如壽衣般的白衣。如喪服般的黑衣。

——死者及弔唁者。

「看你的表情，似乎早就知道我的事。」

從薄唇發出的聲音也和先前不一樣。

那是彷彿隨時會消失、難以形容的囁嚅細語，卻能清晰地傳進耳裡。那是習慣發號施令的聲音。

「是啊，大概三個月前吧。」

「這麼說來，就是在長崎孤島那件事的時候囉。」

「因為有人復活了我最小的哥哥，所以我不得不去閻魔殿調查鬼籍，結果就發現一件奇怪的事。神野惡五郎的十三個兒子除了排行老六的棘以外全都死了，其中一人的紀錄卻有被修改過的痕跡——就是你的。」

「所以你覺得我復活了？」

「才不是什麼復活，你應該根本沒有死過吧。」

自殺——從紀錄上看來是這樣。在激烈的繼承人鬥爭中，荊在雙胞胎弟弟棘的面前結束了自己的性命。

不過他的屍體至今都還沒被發現。

「所以調查一直在祕密進行，現在嫌疑最大的是神野惡五郎。也就是說，他或許是為了把你這個真正的繼承人藏起來，所以設計讓你假死，再讓你的雙胞胎弟弟坐上繼承人的寶座。如此一來，你就可以趁著棘和我堂堂正正地比賽時在暗地裡做手腳，把我給殺了——這樣推測最合理。」

沒錯，少年自己也支持這個假設。

直到如今和他當面對峙為止。

「但我怎麼看都不覺得，你是願意當父親傀儡的那種孝順兒子。」

突然傳來「啪」的一聲。

青年用演戲般的動作拍了一下手。

「原來如此。看來我弟弟是對付不了你的。」

「我的原則是只和確定贏得過的人鬥。」

聽到少年的話，青年的笑意更深。

「真巧，我也是。」

他笑著說。

啪，他又拍了一下手。

屏風瞬間從榻榻米上消失，後面出現一具棺材。

躺在裡面的死者像是裝在盒子裡的日本娃娃。那是個身穿白色壽衣、一頭齊肩黑髮看似濕濡的年輕女性。

她的左臉上有一塊青蛇般的胎記，表情安詳得如同睡著了。一條紅色的衣帶代替繩子綑在她的脖子上，那是被她自己勒緊的。

——自縊身亡。

「……那是淺香繭花小姐嗎？沒想到她竟然自殺了。」

少年緊盯著棺材說道。

青年則是一臉輕鬆地點點頭說：

「是啊，就在我聽說了『吃人旅館』的傳聞而跑來找她的那一晚。我沒有問她，她就主動說出自己從小到大的經歷。那一天好像是她繼母剛結束了七七法事和入塔。她沒等到天亮就死了，大概在半個月前吧。」

「那她現在為什麼會在這裡？」

「要引誘你們前來，就得出個好謎題，因為從事『地獄代客服務』的人就是有這種習性。一旦聞到該制裁的罪，便忍不住想去追查真相，和聞著獵物的味道掉進陷阱的野獸一樣。」

青年聳著肩膀說：

「既然有這個機會，我們就來對一下最後的答案吧。躺在棺材裡的女人罪名是殺死繼母，手法則是『毒殺』。她換掉了血壓藥，讓繼母看起來像是病死的。可是你養的狗卻說他看到的罪是『蛇帶』，你要怎麼解釋這一點？」

少年被這麼一問，就垂下眼簾。

他閉著眼睛，像在咀嚼每一個字，然後以壓低的聲音說：

「自古以來，包括『蛇帶』在內的女人變蛇的故事都有一個共通點。最明顯的就是《道成寺傳說》，追著男人的女人最後變成蛇的模樣，燒死了所愛之人，她自己也活不下去，結果投水自盡。所以說，女人變蛇的故事講的都是『殉情』。」

他的聲音像雨滴一樣輕盈，也沒有高低起伏。

「寧可不當人也要實現的愛情使人變成蛇，但是人變成蛇以後就沒辦法在活著的時候變回人。這些女人的共通點就是和自保截然相反的毀滅和執著——繭花小姐也是一樣。」

他望向棺材，裡面躺著一條蛇。衣帶如一條深紅的蛇纏繞在脖子上。沒錯，鳥山石燕畫的「蛇帶」，是一隻正要越過屏風去攻擊人的蛇妖。

如果牠的目標正是衣帶的主人——

「繭花小姐親手殺害爛子女士時，她心中已經決定了這個結局——她早就計劃好，做完七七法事之後就要跟著自盡。換句話說，她的罪名不是『殺人』，而是『殉情』。『蛇帶』就是在暗示這件事。」

這麼說來，造成這種結局的原因並不是憎恨或憤怒。

「動機是她對爛子女士的愛嗎？」少年說。

「或許應該說是執著。爛子夫人這幾年身體越來越虛弱，她大概發現自己已經離死期不遠，而她唯一放不下的只有繭花小姐，所以她一直在想要怎麼擺脫一虎的魔掌，準備和繭花小姐一起逃走。」

青年接著說了「但是」。

「那男人要求繭花小姐幫他勒索別人，爛子夫人並不知道這件事。直到最後，她都深信繭花小姐是被他們做的壞事拖下水的受害者，所以罪孽越深，個性善良的爛子夫人就越難以逃離身為共犯的繭花小姐，繭花小姐也是因為這樣才會持續不斷地犯罪。就像要把小鳥關在籠子裡。」
少年的腦海裡突然出現一句童謠。
——籠目，籠目。
——籠中的鳥兒啊。
以罪惡編織而成的籠子裡關著兩隻鳥兒，一隻想要逃出去，就被另一隻殺了。
「為什麼……」
少年呻吟似地說著。
他的眼神看似正在承受無形傷痕的痛楚。
「爛子女士想要和繭花小姐一起逃離籠子。即使剩下的時間不多，她們還是可以一起活下去啊。」
但是——
「……因為天生醜陋的只有她一個。」
青年以理所當然的態度說道。
與生俱來的美醜就像一種宿疾。繭花如蛇一樣生來就是一副令人厭惡的相貌，根本沒辦法在其他地方活下去。

除了一個人之外，不可能有其他人會愛她。

「但爛子夫人完全相反，長得一副花容月貌。男人們覬覦她，村人們敬畏她，全是因為連她自己都沒意識到的美貌。就像泉鏡花在《龍潭譚》和《高野聖》裡描寫的異界妖女一樣，人們都會被吸引到她的身邊，就像是被火吸引的飛蛾。繭花小姐很清楚，一旦她們離開鳥籠，一定會出現真心愛著爛子夫人的人。」

她不想失去，不想分離。

只有那個人是屬於自己的——就是這種執著令她變成了蛇嗎？

「你的心中也有類似的蛇吧？」

「……我聽不懂你在說什麼。」

少年冷淡地回答，青年絲毫不以為意，露出別有深意的微笑。

「聽到你開始飼養人類時，我還覺得這是高招呢，因為閻魔殿的規定沒辦法用在人類身上。也就是說，你若養了人，就有辦法對你的敵人下手。我還以為你是因為這樣才開始調教人類……結果到頭來，那只是孩子的玩具罷了。」

他低垂的眼眸溫柔得近乎慈愛。就像是地獄的獄卒，對被雙親捨棄而死的孩子偶然表現出來的模樣。

「你害怕被遺棄，承受不住背叛，所以能放在身邊的只有魚缸裡的金魚和戴著項圈的狗，真令人同情。」

「閉嘴，你這邪魔歪道。」

少年用低沉平靜的聲音說道，但他咬緊牙關的表情蘊含前所未有的盛怒——那是殺意。

「哎呀，好像被我說中了。」

青年唱歌似地笑說。

他緩緩抬手，拍了三下。

「出來吧。」

房間裡頓時出現一股野獸的味道。

一條人影從天花板上竄出，跳到榻榻米上。

現身的是臉上裹著繃帶的中年男子，他用繃帶底下露出的眼睛惡狠狠地瞪著少年，呼出腥臭的氣息。

——是佐和田一虎。

「我很想讓你看看，人類墮落成野獸就是這個樣子。」

青年輕聲說道，同時解開那男人臉上的繃帶。

那是一張醜到不像人的臉孔。不對，那根本不是一張五官齊全的臉，只是一塊黑色的瘡疤。

他的脖子後面——後頸窩的附近有黑影在動。

仔細一看，那裡有個指尖大小的洞穴，裡面似乎有東西在蠕動，接著便爬出一條深紅色的小蛇。那條蛇爬到洞外就開始啃食男人臉上的瘡疤，膿血流了出來。

「嗚、啊、嗚。」

男人的口中發出詭異的呻吟，感覺已經失去理智。

「曲亭馬琴的《勸善常世物語》提到，做了壞事的報應是會被小蛇寄生在頸後，最後被蛇吃完瘡疤和臉上的肉而死——這個故事說的就是被自己體內的蛇咬死的惡人。」

該說這是最適合壞人的死法嗎？雖然不值得同情，但是實在太悽慘了。

「能夠阻止小蛇的，只有我這個飼主。據說生吃了蛇便能平息作祟，但事實上那根本沒有用處，所以我說什麼這個男人都會乖乖照做。我就是這樣調教他的。」

青年以亡靈般蒼白的手抓住男人的後腦，然後緊緊盯著他的眼睛，就像獵人盯著自己抓到的獵物。

「鬼飼養人類就該像這樣。只要稍稍對他們有點感情，那就不是鬼了，只是個寂寞的孩子。這樣真是可憐到令人火大。」

青年摸索著懷中掏出匕首。他微笑著拔刀出鞘，拿到男人面前，像是在餵狗。

男人顫抖的手朝匕首伸出，緊緊握住，用力得幾乎要把刀柄握斷。

「好啦，你要怎麼辦呢？」

青年詢問至今依然安坐原處的少年。

少年乾脆地靜靜搖頭。

「既然到了這個地步，我不會哭著求你手下留情，也不想做無意義的掙扎。別看我這樣，我也是有自尊心的。」

「……這樣我就放心了。」

青年嘴上這麼說，臉上卻露出有些掃興的表情。

「那就請你下地獄吧。」

男人發出唔唔的咆哮聲，瘡疤間的眼睛閃現寒光瞪著少年。

那張岩石般的臉突然鬆弛下來，像裂痕一樣咧開的嘴角滴下口水。

——他在笑。

「好，去吧。」

青年伸出白皙的手指下令。一聽到這聲音，男人的瞳孔頓時變細。

——像是盯著獵物的蛇眼。

然後……

「嘎啊啊啊！」

男人發出粗啞的吼叫。

少年從信玄袋裡拿出小玻璃瓶，將裡面的液體灑向男人。膿血的惡臭之中摻雜了肉燒焦的味道。

——是強酸。

那是他藏在信玄袋中的防身道具，雖然威力不足以融化骨頭，但絕對可以奪走對方的視力。

然後，少年輕盈地起身，如鹿跳躍般跑了起來，朝著沒關的門一路直奔。

——逃出去了。

「沒想到你還有逃跑這個選項，比我聽說的更狡猾呢。」

青年喃喃地自言自語，但沒有人回答他，只有那個摀著臉、彎著身子的男人一再發出斷斷續續的慘叫。

但他的叫聲漸漸止息，變成粗重的喘氣，男人腐蝕的手指間露出一隻眼睛。

——他還看得見。

因為及時遮住臉，所以他有半張臉沒被強酸潑到。

「……哎呀，除了狗以外，連金魚也逃了。真是跟飼主一樣喜歡垂死掙扎呢。」

青年再次開口時，男人的身影已經不在倉房裡。

——秋夜漫漫。

就像醒不來的惡夢一樣漫長。

如今那小小的背影正在長長的走廊上奔跑。

沒有回頭，也沒有停步。

但是，那沒有任何防範的背影如同被野獸追趕的孩子。

男人的手用力抓住少年的肩膀。

少年搖晃的背影第一次回過頭來。

是恐懼？還是害怕？蘊含在那雙眼睛裡的感情不得而知。

男人咧開嘴笑著，像啃食活蛇，朝那白皙的咽喉咬下。

＊

如同一隻深紅的大蛇朝著夜空飛升。

想必是布滿視野的大火讓人產生這種錯覺。就像魔術或戲法，山上幾萬棵樹全都變成熊熊的火焰。

那是連眨眼都來不及的一瞬間。

青兒倒吸一口氣，喉嚨頓時痛得像被灼傷。好熱，但他根本無暇顧及自己的危險。

眼前的一切都被烈燄吞噬，聳立在石階上的山門飛散著火苗，乒乒乓乓地崩塌。

山門裡的旅館一定也被火焰包圍。如同被一隻披著深紅鱗片的大蛇給捲住。

一旦被抓住，就只能被活活吞下去。

「怎麼會……」

青兒的腦袋一片空白，像是一切都被燒光了。

眼前的景象看起來很不真實，耳朵也彷彿被堵住，聲音聽起來好遙遠，只有臉上還感覺得到熱風的吹撫，皮膚被火花燒得刺痛。不，就連這溫度和痛感也像是假的。

青兒幾乎是無意識地跨出腳步，想要爬上石階。

就在此時……

「咦？」

火焰裡出現一道人影。

那人腳步蹣跚，眼看就要頭下腳上地摔下石階。青兒趕緊伸出雙手，這時他才發現那人穿著和服。

不，不對，是紅色的和服──那是紅子。

「紅子小姐！妳怎麼會在這裡！」

他及時接住紅子，雙膝跪地。他正想把紅子扶起來時，卻在那張能劇面具般的白皙臉孔上看到不敢置信的東西。

那雙烏黑的眼眸落下一滴水珠。

──是眼淚。

她張開顫抖的嘴唇，如同告知夢的結束。

「皓大人……死了。」

第二怪◆火間蟲入道，或是臑劘

——三天了。

奧飛驒的山中發生大火、皓生死不明，至今已過了三天。根據負責指揮搜索的篁所言，現在依然找不到任何線索。

「不只是我們，連警察和消防隊也封鎖了附近一帶，至今仍然在調查，但也沒有任何收穫。」

「是嗎……」

青兒撇開了臉，不忍直視顯露疲態的篁。

地點是一如往常的書房。但是皓的老位置——安妮女王式的椅子——卻不同以往地空著。

『哎呀，怎麼啦？』

皓歪著頭說話的模樣，如今只存在於青兒的記憶裡。話雖如此，似乎連他的記憶也逐漸變得模糊，這令他不禁背脊發涼。

（才過了三天。）

不對，或許該說已經三天了。

「現在有很多人認為，皓大人已經無望生還，所以應該當作他死了，趕緊想想下一步該怎麼做。因為他也可能是被凶手帶走，繼續把時間花在搜索上或許不太適當。」

「說是這樣說，但是……」

說到底，他們就連引發這次事件的人是誰都不知道。

那個人繼九州那件事之後，這次又把繭花的筆記當作誘餌，將皓和青兒引到山裡的廢寺。如果國臣被殺之謎，也是為了讓從事「地獄代客服務」的皓上鉤的陷阱，這計畫之周詳實在令人咋舌。

除此之外，張設在該地的結界大得令人不敢置信，所以火勢沒有延燒到外界，異常迅速地被撲滅了。但是……

「對了，聽說有找到被火燒過的遺體。」

「是啊，一男一女。對照齒模後，確定是半個月前失蹤的村民。」

是一虎和繭花。結果十六年前的案件還沒有任何進展，這兩人就都死了。

「那也是陷害我們的人做的嗎？」

「警方認為那兩人是殉情自殺。從遺體的狀況判斷，可能是男人先用帶狀物體勒死女人，然後把汽油澆在自己身上自焚……但真相如何還不確定。畢竟唯一的目擊證人紅子小姐也變成那個樣子。」

聽到篁擔憂的語氣，青兒不由得握緊拳頭。

『皓大人……死了。』

那一天紅子告訴他的話仍然迴盪在耳中。

紅子當時因為皓的指示潛伏在附近。也就是說，她和獅堂家那次一樣，如同忍者偷偷守護著兩人，所以青兒下山後，她很可能從頭到尾目睹了旅館裡發生的事。

但是……

『我什麼都想不起來。』

即使她和青兒得到照例不知從哪裡冒出來的篁的庇護，她也只是機械性地重複說著這句話。

大概是精神打擊造成了暫時性的記憶喪失吧。這樣看來，皓的身上真的發生非常嚴重的事。

一想到這裡，青兒就感受到嘔吐的衝動，忍不住摀住嘴巴。

直到演變成這種事態之前，他什麼都沒搞懂。難道皓真的死了嗎？

『我們一定可以一起回去的。』

他們打勾勾的約定說不定會變成謊言。

——他還活著。

——他會回來的。

青兒是那麼地相信。

突然，青兒想起豬子石死在充滿霉味的浴室裡的模樣，他趕緊把反射性上湧的東西勉強吞下去。

——我很清楚。

死了就完了。不會有以後。什麼都沒有了。

——完全沒有。

「凶手的下落也還在搜索中。如果這方面有什麼進展，或許就能想出對策。」

「那也是你負責指揮的嗎？」

「不是，是由閻魔大王親自負責。因為這件事疑似和神野惡五郎有關聯，他說不定違反了和閻魔殿所做的約定。」

原來如此，所以身為裁判的閻魔大王當然要抓出違規者。

在比賽結束前，不可加害對方陣營的人——這是閻魔殿與雙方訂下的規則。如果這次事件是神野惡五郎的陣營所策劃，那毫無疑問是違規的行為。

「他們堅稱不知道這件事，事實如何就不知道了。但我們現在只是懷疑，也沒辦法處罰。」

「所以，棘先生也有可能參與……」

青兒還沒說完，就立刻搖頭。

這不像棘會做的事。

凜堂棘個性非常高傲，始終用鄙視的態度說皓只是個半妖，用這種欺騙的手段對付自己看不起的人，對他來說絕對是一生的恥辱。說好聽點是有自尊心，說難聽點根本是個笨蛋。

「是啊。為了小心起見，我已經請他在事務所裡待命，但是這件事跟他的關聯應該不大。」

「那到底會是誰……」

結果又回到原點。其實青兒知道的事本來就不多，篁會向他報告現況頂多只是出自體貼。

不過篁應該也和他一樣擔心皓的安危。

「對了，你和皓認識很久了嗎？」

「嗯，是啊。我在皓大人懂事之前就認識他了，因為在他那間房子施加隱蔽咒的就是我。」

竟然是篁。

「所以我有時會去陪他聊天或是玩陞官圖。第一次見面時，我就覺得他是個前途不可限量的孩子……其實現在的想法還是一樣。」

確實如此。

青兒一聽就含笑點頭，篁也表情柔和地瞇起眼睛。

「所以我相信皓大人還活著。因為他可是皓大人啊。」

說完，篁恭敬地行了個禮便憑空消失。

房裡只剩青兒一個人，和那張空蕩蕩的安妮女王式椅子一起。

（先回二樓吧。）

他輕輕嘆氣，站了起來，逃命似地離開書房。短短三天前，三人一起愉快地喝下午茶的情景，如今已變得像個遙遠的夢境。

這時，青兒不經意地看向凸出窗台上的魚缸。
「……咦？」
一股異樣感讓他停下腳步，歪著腦袋。
（金魚的「追星」是不是不見了？）
怎麼可能才三天就結束了發情期，就算是草食系的也沒這麼誇張吧。
難道是生病了？青兒緊張地拿起手機搜尋。
「咦！」
看到令人不敢置信的資訊，青兒愕然地眨眨眼。
那是說明該如何分辨金魚性別的網站。從側面望去，肛門部位有突起是母的。這麼說來，眼前這隻金魚確實是母的。
（不對啊，只有公的金魚才會有「追星」，三天前確實是公的。）
難道金魚是可以突然變換性別的動物嗎？這又不是懷舊的昭和動漫，譬如淋上熱水就會變成雄性之類的。
青兒忍不住一直盯著金魚的肛門看。
「你在這裡啊。」

轉頭一看，是紅子。

她穿著那套眼熟的紅黑二色日式女僕裝，懷裡抱著小山般的待洗衣物。除了聲音有些尖細之外，似乎和平時沒啥兩樣。

「咦！那個，妳現在起來沒關係嗎？」

之前紅子拒絕任何會面與治療，一直把自己關在房裡。青兒為了安慰她，還去便利商店買了即食清粥和果凍飲料掛在她的門把上。如果連紅子也出事了，他真不知該如何是好。

「讓你擔心了，但我總不能一直躺著。」

「啊，可是，最好不要太勉強……呃，那是我的羽絨衣嗎？」

「因為太髒了，我正準備拿去洗衣店。」

「哇，聽妳這麼一說我才發現，全是煙灰和焦痕。」

大概因為他這三天都沒注意到衣服髒成這樣，紅子實在看不下去，才會想要拿去洗吧。穿上這衣服乍看就像流浪漢，或是正在潛逃的縱火犯。

「那個，不如讓我送去吧……」

「你不需要跟我客氣。對了，這個東西放在口袋裡。」

紅子遞來一個很眼熟的菸盒。此時青兒才發現，這三天他把口袋裡的香菸忘得一乾二淨。

他本來以為，紅子這次又會用魷魚乾來交換沒收的香菸。

「我想這個應該還給你。」

「咦？我可以抽嗎？」

「如果能讓你心情好一點，那就請便吧。」

這大概是紅子對他的體貼吧。

青兒有些不好意思，又覺得自己很沒用。紅子因深受打擊而臥床至今，他的傷痛根本連她的十分之一都不到。

「我去外面抽菸。」

青兒向她點頭致意，走向門口。他打算順便讓腦袋冷卻一下，所以沒穿外套就走出敞開的門。

眼前出現巨大的白花八角。這是葉子不會變色的長青樹，現在是結果實的秋天，樹上結滿星形的果實。

邪惡果——如同這個別名所示，白花八角的果實含有劇毒。這種樹被視為能夠驅邪的神木，也因象徵著死亡而令人畏懼。

青兒被冷冷的秋風吹得縮起身子，坐在門前的通道上。他用習慣動作敲敲菸盒，裡面的香菸冒出來，他正要拿起來時……

「嗯？奇怪？」

拿不出來，好像被什麼卡住了。青兒看看裡面，發現緊緊塞在一起的香菸之間夾著一根捻起的紙捲。

（這是什麼？）

他拿出紙捲，攤開一看，那是和手心差不多大的紙片，中間寫了一行字：

『我沒死，別擔心。紅子會給你接下來的指示。』

是皓的字跡。

「咦！」

青兒驚訝得屏息。他忍不住左右張望，當然沒有看到皓。

（難道他在我沒發覺時悄悄回來了？）

腦海裡冒出愚蠢的念頭，但他又立刻揮開這個想法。不不不，不可能的。

此時，他想起了一件事，那是三天前的事。

『哎呀，你的東西掉了。』
『喔，謝謝。』
在這幾句對話之後，他從皓的手中接過菸盒。他還以為香菸是在穿外套的時候從口袋裡掉出來的。
（難道他當時已經把信放進去了？）
仔細回想，青兒迷路闖進倉房的時候，那件羽絨衣一直放在離館裡，說不定皓就是趁那時候偷拿了他的菸盒，把信藏進去。
（所以，皓早就知道會發生這些事嗎？）
即使如此，皓還是確信自己能活著回來。
這麼說來……
「……他還活著？」
但是，青兒完全無法想像皓要怎麼逃出那個地獄，以及他現在躲在什麼地方。如果這樣他都還相信，那真是愚蠢至極了。
即使如此，青兒現在也只能相信皓了。
「紅子小姐！」

青兒大喊著衝進書房，紅子回過頭來，把手指按在唇上「噓」了一聲。

能看到你開朗起來真是太好了——他彷彿聽到紅子這麼說。

或許紅子也看到那封信，而且和青兒一樣相信皓還活著，所以一直頹喪地關在房裡的她如今才能振作起來。

但是……

（呃，她叫我不要說的意思是……有人在偷聽？）

紅子剛才的手勢似乎代表這個意思。或許那個偷聽的人，就是這一連串事件的幕後主謀。

仔細想想，如果紅子先發現了那張紙條，大可直接告訴他，卻利用菸盒把紙條交給他，那她一定有非得這麼做不可的理由。

「那個，紅子小姐，我想拜託妳。」

青兒這麼說著，站在紅子面前，深深地吸了一口氣。

「請妳告訴我，我現在能做什麼？就算只是提示也好。如果有任何事是我能做的……」

他的語氣中帶著迫切。紅子那雙如黑玻璃般的眼睛突然浮現強烈的動搖，但她很快地低下頭去。

「其實皓大人交代過我，如果你獨自從旅館回來，就要我幫他轉達一句話。」

「是、是什麼？」

「他希望你去棘先生的偵探事務所，盡可能地待久一點。」

「……啊？」

青兒聽得丈二金剛摸不著頭腦。雖然聽得懂字面的意義，也知道那是國語，但是……

「呃，是要我去找他麻煩的意思嗎？」

「不是的，是要你去當他的助手一陣子。」

「啥啊啊？」

青兒不禁尖聲叫道。

如果是叫他去阿拉斯加抓棕熊，說不定他會答應得更爽快。是說這兩件任務的危險程度根本差不多。

「那、那個，這到底是什麼意思？」

「我也不知道，但我只能拜託你了。」

……或許應該假裝沒聽到。

坦白說，如果他現在不立刻摀著耳朵逃出去，恐怕會有性命之憂。

但是……

青兒乾嚥著口水，在心中默默這麼想著，接著勉強張開發乾的嘴唇。

「請問，凜堂偵探事務所在哪裡？」

*

因為如此，青兒現在才會在這裡。

手機裡的地圖ＡＰＰ顯示眼前的建築物就是他的目的地。

（真的是這裡嗎？）

那是一棟非常老舊的三層樓建築，泛黑的石造外牆爬著乾枯的藤蔓，像是要掩飾牆上的龜裂。

現在快下午三點了，但厚重的雲層遮蔽了太陽。

這是市中心最高價的現代街區，顯然不曾遭受戰火的美麗街景配上空中的烏黑雨雲，看起來像恐怖電影的場景。

（好像鬼屋……事實上也真的是。）

畢竟這是「招來死神的偵探」的大本營，而且他的真實身分是惡神神野惡五郎的兒子，一般的小妖怪見了他恐怕都會沒命地逃走。

青兒吞了一口口水，緊張得像是要踏進猛獸的籠子。他光是遠遠仰望這棟建築，就覺得心跳加速、直冒雞皮疙瘩。

他走向正門，看到罩著老式燈罩的燈泡下有著對開的玻璃門。裡面看不到人影，外面也找不到像是對講機的東西，不過就算有，他也不知道該怎麼跟對方開口。

『去棘先生的偵探事務所，盡可能地待久一點。』

無論回想多少次，青兒都覺得這個指示很不尋常。不過，如果這是他唯一能為皓做的事……

「都不管人家會怎麼想嗎……」

青兒邊喃喃抱怨，邊踏出腳步。

就在此時——

『我們走吧，青兒。』

青兒彷彿聽到前方傳來這句話，頓時心頭揪緊，但是他一再眨眼，還是看不到那道白色的背影。

這裡只有他一人。

青兒突然感到鼻酸，急忙抬頭望天，想要揮開那種感覺。突然有滴雨水落在他的臉頰，像是臉上被人吐了口水。

終於開始下雨了。

「打、打擾了。」

他縮頭縮腦地進了門，門內是一條狹窄的通道，他只能繼續前進。

底端有一座舊式電梯，看起來和建築物的外觀一樣老舊，電梯口擋著散發耀眼黃銅光澤的伸縮柵門。

（……這還能用吧？）

一進電梯，纜繩就會斷裂，朝著地獄一路直行——青兒由衷盼望不會發生這種惡搞的情節。

好啦，坐就坐。青兒走進電梯，按了向上箭頭的按鈕。外面傳來齒輪轉動的聲音，電梯可怕地搖晃著，慢慢升上二樓。

叮，這聲音聽起來異常有喜感。

「咦？」

眼前的空間寬敞得出人意料。

本來以為會看到狹小的電梯間，出現在眼前的卻是從一樓通到三樓的天井，感覺每一層樓都像是樓中樓一樣，而他現在所在的是二樓。

「咦？這、這裡是怎麼回事？」

青兒驚疑不定。

他四處張望，右邊整面牆壁——就是整棟三層樓建築的高度——很驚人地被巨大書櫃占滿了。

地板是泛著烏黑光澤的橡木材質，前方擺著一套皮革沙發，底端的牆壁排滿書櫃，是個類似書房的空間。看似古董的雙排抽屜辦公桌上放著輕薄的筆記型電腦，充滿了外國連續劇會看到的私家偵探事務所風格。

「所以這裡真的是……」

凜堂偵探事務所？

此時，青兒聽見「叩、叩」的聲音。

他猛然抬頭，看見左邊有一座鐵製螺旋梯，有人正從三樓下來，踩響了踏板。

（糟、糟糕！）

青兒立刻跑出電梯，慌忙找地方躲藏。

「是啊，所以這次雖然是警視廳的委託，但我只能拒絕了。有個很難應付的人物叫我最近不要亂跑。」

一個熟悉的聲音傳來，接著是另一個含糊的聲音，似乎是從手機裡傳出的。

『啊？別開玩笑了，你就算被關在動物園的籠子裡，也可以用單手開門出來吧。』

「我就當作是放假，好好休息一陣子吧。我三天前還陪你們去徹夜監視呢。」

『少騙人！你明明三秒鐘就睡著了，還戴了眼罩咧！』

走下樓梯的是身穿襯衫的棘，他掛著西裝外套的手上拿著開啟了擴音模式的手機，另一隻手靈巧地拉緊領帶。

從對話內容聽來，他似乎是在和警視廳的刑警講電話。

（咦？等一下……難道這傢伙才剛起床？現在已經下午三點了耶！）

正當極為錯愕的青兒把吐嘈和口水一起吞下去時……

「抱歉，好像有老鼠溜進來了。」

腳步聲停下來。
掛電話的電子音傳來。
「……打擾了。」
青兒直覺地轉身，正想逃回電梯時……
咚！灰塵飄到他的鼻子上。
棘一腳踢在牆上，擋住青兒的退路。如果再偏個幾公分，他的頭骨鐵定會被踢碎。
……沒想到這世上竟然有這麼粗暴的「壁咚」。
青兒渾身發抖，冷汗直流，僵在原地不敢動。
「好啦。」
棘「啪」一聲闔起手機放進懷裡，彈一下手指。
「你有什麼事嗎？」
「呃……那個，我在想，能不能在這裡待一段時間。」
「喔？為什麼？」
「那、那個，如果有什麼打雜的工作需要幫忙的話……可不可以……」
青兒實在不想說出「讓我當你的助手」。

「……喔？」

棘像面具一樣毫無表情，挑起一邊眉毛，然後嘲笑地「哈」了一聲。

「這麼快就開始找新飼主啦？原本的主人還生死未卜就想要跳槽，真是了不起的忠犬——雖然我很想這樣說……」

棘的右手突然抓住青兒的咽喉，骨感的手指捏緊他的氣管，指甲前端陷入肉裡。

他緩緩把臉貼近青兒，用冰冷的聲音說：

「是誰指使你的？」

青兒不明白棘的意思。是說他現在根本沒辦法開口。

「我不覺得你有聰明到知道要拋棄飼主，你只會把所有事情交給別人去決定，所以你會來我這裡一定是別人教你的……沒錯吧？」

青兒被他一語道破，露出啞然無語的表情。因為被指甲戳進肉中的痛——更因為他言語的尖銳，青兒不由得發出呻吟。

棘說得一點也沒錯。

皓失蹤的這三天，青兒能做的只有等待，其實他就連現在該做什麼也不知道。

但是……

「就算是這樣，我還是非來不可。」

這是青兒毫無虛假的真心話。理由只有一個。

「既然皓相信我的眼睛看到的事，那我也該相信皓的判斷。所以，我現在能做的只有這件事。」

他的語氣像是在祈禱。

棘聽了這番話，不知為何陷入沉默。他張開嘴巴似乎想說什麼，但又隨即閉上，接著嘖了一聲說道：

「……原來如此。」

他喃喃說著，抓住青兒咽喉的手指更加用力，指甲幾乎抓破皮膚。

「那就請你告訴我，既然那個半妖目前下落不明，你是在哪裡，又是怎麼聽到『皓的判斷』呢？」

青兒露出驚覺的表情。糟糕，竟然說溜嘴了。

「我打從一開始就不太相信。那個狡猾的傢伙碰到山林火災會乖乖地被燒成灰嗎？要說他只是假裝失蹤，在背地裡偷偷策劃什麼還比較有可能。當我正在懷疑時，你就這樣大剌剌地走進來了。」

……棘竟然早就想到這種可能性。從某個角度來看，或許他可說是皓的知音。

「在你說出實情之前就先陪陪我吧，還好我現在有的是時間。剛好我現在一股氣正愁著沒地方發洩，只是折斷一隻手應該不會把地板弄得太髒。」

不妙，含蓄一點的說法就是要被殺掉了。青兒嚇得半死，冷汗冒個不停，眼睛骨碌碌地轉著。

棘的臉頰突然抽搐一下。

青兒疑惑地歪頭，接著就聽見低沉的震動聲。那是棘收在衣服裡的手機。時機竟然算得這麼準，難道是……

『抱歉打擾了，有一件關於青兒先生的事必須馬上通知您。』

果然是篁。棘默默地舉起手機，上面顯示著LINE的畫面。

『由於皓大人的要求，閻魔殿經過討論後，決定把青兒先生正式列入山本五郎左衛門一派的人。也就是說，如果您蓄意加害青兒先生，就會被視為違規而落敗，請您務必理解。』

順帶一提，這個決議似乎是特例中的特例。

『畢竟寵物在現代社會是共同生活的夥伴。』

……一定要忍住，如果吐嘈就輸了。

『還有，青兒先生似乎去您的事務所叨擾了。明天我們就會去接他，所以今天還請您費心關照。』

手機傳出「啵」一聲。

畫面上出現Q版柴犬的貼圖。牠背上扛著一個大包袱，邊鞠躬邊說「請多關照」。

「……這是在搞什麼鬼？」

「呃，我也覺得選擇貼圖時應該多注意一下場合……」

「我不是說那個。」

「對嘛！我想也是！」

青兒被棘一把揪住衣襟，感覺好像真的會被殺掉，他嚇得聲音都拔尖了。

又是「啵」一聲。

『補充一點，只要有青兒先生陪著，您想要出門也沒問題。』

意思是有人監視就能出門吧。棘又把手機收進懷裡，神情疲憊得像是一下子老了十歲。

「這種擔保未免太——」

他大概又把那句「太爛了」吞回去。

就在此時……

青兒的視野突然像遭遇地震一樣搖晃。

「咦？」

他雙腿一軟，倒在地上。

（咦？怎麼了？）

他急著想要爬起來，雙腳卻沒有力氣。青兒記得這種症狀，他還沒拿到打工薪水而三天沒吃飯時，就會因為血糖太低變成這樣。說穿了就是暈倒。

（呃，可是我又沒餓肚子……）

青兒正覺得奇怪，才想起一件令他不敢置信的事。

他不記得自己這三天吃過任何東西。雖然每天去便利商店買東西給紅子，自己卻完全忘了要吃飯。

「唔……早就知道是隻笨狗，不過笨到這種地步也挺厲害的。」

棘一臉佩服地摸著下巴說道。

——要你管！

青兒很想這樣說，但棘若是真的不管，他鐵定會死在路邊。
棘懷裡的手機又震動起來，他重重地咂舌。又是篁。
青兒還以為棘下樓離開了，但他又提著褐色的紙袋回來。
「低下頭，往後退一步。」
——等等，你想做什麼？
青兒想要抗議，但是看到棘凶惡的眼神，只好心不甘情不願地低著頭後退。
然後……
「嗚喔！」
從棘的手中掉下來的紙袋「叩」一聲砸上青兒的後腦杓。
「不好意思，應該退兩步才對。」
棘聳著肩膀若無其事地說。他絕對是故意的。
（混帳，你最好再被鵺咬一次！）
青兒怨恨地看著棘，但他隨即發現紙袋裡放的是罐頭，不禁訝異地眨眨眼。他勉強從標籤上的英文看出那是油漬沙丁魚。
青兒感覺自己像是某個反戰童話故事裡被餵毒餌的大象，瞪著罐頭好一陣子。

「如果我要殺你，一秒就能折斷你的脖子。」

聽到棘一臉不屑地這樣說，青兒想想確實是如此，於是心懷感激地接受了對方的好意，立刻拿起罐頭。

「……怎麼這麼簡單就相信了。」

青兒假裝沒聽到棘的批評，想要打開蓋子卻打不開，看來需要開罐器。

「那個，有沒有開罐器……」

他戰戰兢兢地問道，棘回給他的只有猛烈的殺氣。

——我想也是……

青兒開始考慮用水獺的方法把罐頭敲開，因此四處找尋有沒有適合的地方。

（嗯？）

他注意到窗邊有一張皮革椅子。

那應該是古董家具吧，椅子腳是類似高跟鞋鞋跟的纖細貓腳，相較之下，近似木質的光澤皮革扶手卻有著王者般的氣勢。

如果是皓的話，應該可以坐在這張椅子上，一連看書幾個小時吧。

（呃……用那張椅子的椅腳或許可以把蓋子打穿一個洞。）

青兒的腦海才剛浮現這個愚蠢至極的念頭……

「……別碰那張椅子。」

冰雪般的冷漠聲音和殺人的目光同時朝他飛來。看來棘非常珍惜這個家具。

不過……

（……嗯？）

棘迅速地瞥了椅子一眼，隨即逃避似地撇開視線。他的表情不知是悲傷還是焦躁，像是承受著舊傷的痛楚。

青兒心想，說不定……

那張椅子也留下了從前主人的回憶嗎？就像皓那張安妮女王式的椅子一樣，或許它從前也曾是某人的固定位置。

（所以那個人不在了以後，棘一直……）

沒辦法正眼看它，也沒辦法碰它，只能繼續把它留在身邊？當作是某人曾經在這裡的痕跡，也是那人如今已經不在的證明。

（話說那張椅子好像有點奇怪？）

青兒歪著頭思索。

他發現一個不自然的地方。不，在一般情況下這並沒有什麼不對勁，但若那張椅子在棘心中的分量和青兒想的一樣……

「……嗯？」

樓下突然傳來機械聲，青兒訝異地吸了一口氣。電梯動了，有人正要上樓。

（是他的客戶嗎？）

青兒如此想著，但是從棘詫異的表情看來，應該是預料之外的訪客。

叮一聲，電梯發出抵達的鈴聲。

「不好意思……那個，自己跑上來真是抱歉，我在樓下找不到門鈴。」

那是一位手臂上掛著摺起的雨衣、年過七十的老婦人。

她優雅地穿著厚厚的針織外套，稀疏的白髮盤成一小團。她推著助行車的身子雖然有些佝僂，但臉頰紅潤豐腴，帶著魚尾紋的圓眼像柴犬一樣可愛。

老婦人摺好雨衣收進袋子，再放進助行車的碎花菜籃裡。仔細一看，助行車旁邊的口袋裡露出超市的傳單。

那雙埋在皺紋間的眼睛四處張望，然後發現了地上的青兒。

「怎、怎麼了？你不舒服嗎？」

「沒有啦，那個，其實我三天沒吃飯了。」

「哎呀，這怎麼行呢！」

老婦人聽了青兒悲慘的告白後，立刻翻找著那看似有保冷功能的菜籃，拿出幾個小袋子。

「不好意思，這是我中午吃剩的。」

袋子打開一看，裡面是豆皮壽司。飽含湯汁的兩塊炸豆皮被醋飯塞得鼓鼓的，散發出甜甜的香味。

「謝、謝謝妳！」

青兒雙手合十向老婦人致謝，滿懷感激地拿起來吃。醋飯和炸豆皮的甘甜逐漸滲透到胃袋，在飢餓時更是好吃到感人。

（……嗯？）

青兒好像聞到一股奇怪的味道，不禁愕然地眨眼。

是腐臭味嗎？有一瞬間聞起來像是腐爛的生肉……但真是如此嗎？

味道很快就飄散了，青兒正在疑惑時……

「我說啊。」

棘似乎等得不耐煩了，冷冷地插嘴。

「不但沒有得到允許就跑進人家的事務所，還擅自餵食。妳到底是什麼人？」

他的臉上乍看好像沒有表情，但仔細一看就能看到額頭上爆裂的青筋，含蓄的說法是正準備爆發。

雖然青兒嚇得發抖，老婦人卻不以為意地行禮。

「哎呀，不好，我還沒打招呼呢。我叫鳥飼鈴，聽說來這裡就可以找到偵探。」

「我不知道是誰告訴妳的，不過這間事務所只接待介紹來的客人，如果沒有事先預約的話……」

「啊，對了，我有名片。」

鈴老太太拿出一張很眼熟的名片，黑底配上燙金文字「凜堂偵探事務所」，但印在下面的名字是——

「……荊？」

棘愕然地喃喃說道。那完全是無意識的自言自語，如同發燒時的囈語。

——凜堂荊。

沒記錯的話，那應該是棘的雙胞胎哥哥，也是成立這間事務所的另一位偵探。

（可是……他不是早就已經死了嗎？）

青兒聽說他們十三個兄弟彼此爭奪繼承權，最後活下來的只有棘一人。而且那是比五年前開始的地獄審判比賽更早以前的事。

「這是誰給妳的？妳到底是幾年前拿到的？」

棘的語調平淡到很不自然，他的臉也從驚愕變成面無表情。

「好像是昨天……又好像是幾年前。我只記得是一個年輕男人給我的，但想不起來那是誰。」

鈴老太太說著「真對不起」，一臉愧疚地縮著脖子。

「可能是因為年紀大了，我最近不確定的事情越來越多。」

唔……她健忘的情況應該相當嚴重吧。

「……這樣啊。」

棘喃喃說道，摸著下巴，像是在思索。

「總之我先聽聽妳的情況吧，請往這裡走。」

他邊說邊領著她走向沙發。鈴老太太「嘿咻」一聲坐上看起來很昂貴的皮革沙發，然後左顧右盼地說：

「這房間真不錯。是你布置的嗎？」

「我哥哥很吹毛求疵，他根本連設計圖都不讓我碰……咖啡可以嗎？」

沒想到棘倒是回答得很爽快。他走向看似書房的空間，那邊的角落有個櫃子，裡面放著手搖式磨豆機和瓶裝的咖啡豆。

過一陣子，他把從磨豆開始做、加了方糖的咖啡端給老婦人。

「哎呀，你真客氣。」

鈴老太太接過來，吹了幾下，像是在品味般慢慢啜飲一口。

「喔，真好喝，感覺壽命好像增加了一天呢。」

聽起來不像是客套話。

……但是青兒連一杯水也沒有，彷彿他本來就不該有。是說他連椅子都沒得坐。

棘拿著自己的那杯咖啡，在對面的沙發坐下。

「唔……該從哪裡說起呢？」

鈴老太太在咖啡的熱氣中張口閉口好幾次，才說出：

「其實是狗不見了。」

「喔？狗啊？」

——喂，幹嘛看著我？

「我照顧的狗跑掉了很多次，而且都是趁我晚上睡覺的時候。」

「那還真是隻笨狗。」

——都說了不要看我嘛。

「如果每次都會回來的話，或許只是跑去別人家作客。雖然這樣會給別人帶來很多麻煩。」

——算了，你愛說啥就說啥吧。

「不，沒有回來……每次狗不見了，我都會到處找，好不容易才找回來。這次也是消失半個月了。」

「半個月……還真久呢。」

「是啊。但是我也曾經隔一個月才突然找到。」

「妳聯絡過動保處了嗎？」

「他們根本不想理我。」

詳細的情況是這樣的。

那是一隻叫做「小茶」的小型犬，老太太每天早晚各餵食一次，平時都把狗養在室內。雖然她每天會讓小茶到院子裡玩一次，但她腰腿無力，所以沒辦法帶小茶出去散步，就連去附近的動物醫院看診都要用助行車載去。

唔……牠是對環境不滿意才逃跑的嗎？

「都是在晚上睡覺的時候跑走……妳想得到什麼理由嗎？」

「一點都想不到，而且我每晚都會關好門窗。」

「晚上睡覺時會不會有聲音吵醒妳？」

「其實……我大概從兩年前開始吃安眠藥。」

原因是隔壁那個跟她很要好，也同樣長年獨居的婆婆住進了照護中心。

老太太每天都找不到對象說話，也懶得去學些什麼興趣，心靈變得越來越封閉，後來甚至睡不著覺。

她覺得這樣下去不是辦法，和醫生商量過後，醫生開給她長效型安眠藥，此後她才得以好好地一覺睡到天亮。

「我是覺得很好啦，但藥效好像強了一點。」

如果只是一點輕微的聲音還吵不醒她。老太太不禁開始擔心，如果碰上地震或火災，她會不會一直醒不來，就這麼去了另一個世界？

「其實我有一陣子為了整晚看著狗而停止吃藥，可是心臟的情況越來越不好，醫生就叫我一定要繼續吃藥……所以我也不知道孩子們是什麼時候跑出去的。」

咦？青兒眨了眨眼。

（孩子……們？）

她說錯了嗎？從鈴老太太說的話聽來，她應該只養了一隻狗啊。

「妳可以在睡前把狗關進籠子裡啊。」

「這個嘛，我曾試過，結果還是跑掉了。不管我把狗帶回來多少次，隔天早上一樣會不見。」

「……妳是在關緊門窗之前吃藥的嗎？」

「不是，我的習慣是每天晚上先換衣服和刷牙、設定鬧鐘時間，接著確認家裡的門窗都有關好，等全部的事情都做完才會吃藥。」

棘的眉毛抖動了一下，他維持沉思的表情好一陣子。

「妳的鬧鐘是指針式的嗎？就是轉後後面的旋鈕，把指針轉到起床時刻的那種？」

「嗯，是啊。」

「妳起床都是幾點？」

「早上七點。」
「……每天都一樣嗎？」
「是的，我希望作息盡可能規律一點。」
棘摸著下巴想了一下。
「妳白天大部分的時間都待在家裡嗎？」
「吃完午餐以後，我會去附近的公園，因為醫生叫我要多曬太陽。不過我最近因為要找小茶，所以都是到處走。」
「下雨天也是？」
「沒有。我如果要走得比較久，就得推助行車，那樣就不能撐傘。我多半是穿著雨衣去附近的圖書館。」
「妳回家時都是幾點？」
「大概都是七點多吧。公園在六點整會敲鐘，我大概都在那個時間離開公園，去超市買東西，所以多半是這個時間。」
「……這樣啊。」
提問的時間似乎結束了。

在一旁靜靜聽著的青兒覺得好像有件很重要的事沒問到。

「對了，小茶是哪一種狗啊？」

「這個嘛，動物醫院的醫生說牠應該是雜種吉娃娃。毛是茶色的，腳尖像穿著鞋子一樣是白色的。」

喔？聽起來還挺可愛的。

「還有，牠的鼻子很扁，臉像梅干一樣皺皺的，尾巴很捲。」

……不對，這樣應該很醜吧？

「耳、耳朵長得怎麼樣？」

「是下垂的……咦？好像不是，我記得是像蝴蝶一樣豎起來。」

那到底是什麼狗啊？

「呃，毛是什麼樣子？」

「捲捲的，像小熊布偶一樣。唔……就是百貨公司常看到的那種進口布偶。」

「妳說的是泰迪熊嗎？」

「嗯，差不多是那樣。」

……什麼跟什麼啊。青兒腦中的想像畫面逐漸變成未知的怪獸。

「腳有多長？」

「腳喔，腳很短，但身體很長。還有，鼻子像狐狸一樣尖尖的。」

等等，不對啊？

「呃，妳剛才不是說牠的鼻子很扁嗎？」

「……哎呀。」

老太太思索了片刻，一臉不好意思地說：

「對不起，我最近老是忘記事情。」

她愧疚地說完後，就閉口不再說話。

「是說，為什麼妳會那麼想把狗找回來？」

提出這個問題的是棘。

鈴老太太的臉頰顫抖一下，黑眼珠很大的一雙眼睛浮現不安的神色。

「……為什麼呢……」

她的喃喃自語落入咖啡杯裡。鈴老太太不知為何遙望遠方，淡淡說著「喔喔，對了」點點頭。

「有個很怕寂寞的孩子。」

她說話時的表情很呆滯，像是快要睡著了。

「孤單一人很難受的。」

老太太已經語無倫次了。她的視線沒有焦點，好像連青兒都看不見，臉轉向了其他地方。

「小茶是寄放在我這裡的，所以我心想一定要好好照顧牠，因為那是人家拜託我的。為了孩子們，我可不能太早死。可是……可是，我卻讓狗跑掉了，所以一定要快點找回來。」

皺巴巴的手緊緊握住，指節的地方都發白了。仔細一看，剩下一半的咖啡正在翻騰，幾乎溢出杯外。

——她在發抖。

「那個，鈴老太太……」

青兒看得很不忍，慌張地開口叫她。

啪，棘彈響手指。

鈴老太太吃驚地眨眨眼，四處張望。

「哎呀？這是哪裡？」

她的神情如同迷路的孩子，既混亂又不安，對自己既失望又厭惡。看來她連自己目前所在的地方都忘記了。

「真是的，我為什麼來這裡叨擾呢……哎呀呀，你還請我喝咖啡。對不起，希望沒有給你添麻煩。」

「沒事的。妳是來委託我找狗，我已經接下了這份工作。」

棘以沉著的態度說道。他大概是為了讓鈴老太太放心才這樣說的吧。

老太太很認真地望著棘，然後露出笑容。

「太好了。我一直很想找人商量這件事，因為我真不知道該拿孩子們怎麼辦。」

老太太深深地一鞠躬，說著「拜託你了」。

但是，當她抬起頭的時候，表情又變了，眼神非常呆滯，然後像是要結束閒聊似地對棘微微一笑。

「我差不多該告辭了。雖然不知道你是誰，但是很感謝你對我這個老太婆這麼親切。」

青兒的腦海裡浮現三個字，令他感到背脊發涼。

——認知症。

「妳現在要回家了嗎？」
棘問道，鈴老太太像文鳥一樣歪起腦袋。
「是啊，我今天要先去圖書館，然後去超市買熟菜嗎？可是，天氣預報說雨會越下越大呢。」
「……今天請妳盡量晚一點回家。」
「哎呀？為什麼？」
「這樣比較容易找到狗。」
這句話似乎別有意義。
鈴老太太和青兒一樣露出訝異的表情，然後吃力地起身。
「你們保重啊。」
老太太朝著棘深深一鞠躬，然後推著助行車想要走向電梯，可是車輪卡在溝裡，讓她進退不得。棘抓緊時機站了起來。
「我來幫妳吧。」
「哎呀呀，你真是親切。」
棘展現出令人意想不到的親切舉止，用單手提起助行車，輕輕地推向電梯。等到一臉不好意思的鈴老太太坐進去後，電梯逐漸降到一樓。

……真意外。本來以為棘是與暴力和虐待畫上等號的人格缺陷者，原來他還有這麼紳士的一面。

青兒感動不已，正想在空著的沙發上坐下……

「嗚哇！」

一隻伸出的腳絆倒了青兒，讓他跌了個狗吃屎。

「失禮了。」

棘丟出這句話，看都沒看青兒一眼。他有一瞬間皺起眉頭，似乎很在意鞋尖被弄髒，但又隨即坐在沙發上。

「……真是搞不懂。」

立刻變成禿頭吧——青兒在心中默默地詛咒著。他放棄了沙發，直接屈膝坐在地板上，開始回憶剛才的對話。

「該說是間發性失智嗎？與其找狗，還不如趕緊聯絡親友吧。呃，譬如居住地的社工之類的，至少他們會比較認真處理。」

狗跑掉了，理由多半只是忘記關門。現在該出動的或許不是偵探，而是醫療機構或地方政府機構。
可是棘聞言只是露出「這隻狗竟然會說話」的表情。
「原來笨蛋一開始就會這樣。」
……你以為你是誰啊？王子殿下嗎？
棘沉吟道：
「大概有五隻吧。」
他用食指咚咚地敲著沙發扶手。
「老太太提到各種狗的特徵。吉娃娃、巴哥、蝴蝶犬、玩具貴賓犬、臘腸狗——唯一的共通點是這些狗都是小型犬。」
青兒完全不明白棘說的話是什麼意思。
（呃……也就是說，他從鈴老太太的話中察覺到什麼了？）
跟皓在一起很容易會忘記這件事，事實上棘可是被譽為名偵探。雖然青兒很想給他貼上二流的標籤，但他說不定其實很有能力。
棘猛然站起來，走向房間底端的書房空間，打開雙排抽屜辦公桌的附鎖抽屜，拿出某樣東西收進懷裡。那看起來像是轉輪式手槍，也就是所謂的左輪手槍。該不會是看錯了吧？

接著他戴上放在桌上的軟呢帽，拎起放在一旁的手杖。

「要出門了。」

「啊？」

「閻魔殿不是說了嗎？我不能不帶著你。」

棘嘆了一口氣，踩著喀喀作響的鞋跟走了。走得好快。

青兒根本沒時間吐嘈「你是在競走嗎」，急忙跟上去，在關門前的最後一刻衝進電梯。叮的一聲，電梯到達一樓。

現在時間是下午四點半，差不多到了逢魔時刻，但是下著毛毛細雨的天空灰濛濛的，無法分辨太陽何時下山。

「直接去客戶的家吧。」

「啊？可是你怎麼知道她住在哪裡？」

棘舉起一張明信片。那似乎是洗衣店的促銷傳單，收件人的名字是——鳥飼鈴。

（難道是扒來的！）

想必他是在陪鈴老太太去搭電梯的時候，一面推著助行車，一面從旁邊的口袋裡偷出來的。

青兒還來不及追問，棘就上了計程車，他只好跟著一起坐車前往明信片上寫的地址，最後到達的地方是充滿獨棟房屋、看起來像老街的住宅區。

正面有一間小小的民宅，那是一棟很老舊的獨棟木造平房，種了幾棵落葉樹的庭院圍繞著古早的水泥磚牆。

門柱上的門牌寫著「鳥飼」二字。這就是鈴老太太的家。

棘毫不遲疑地按了門鈴。沒有回應，她似乎不在家。那現在該怎麼辦呢？青兒用一副事不關己的態度觀望著。

「……去後門看看。」

棘走進大門，青兒大吃一驚，也跟了上去。經過曬衣竿到了屋子後面，就在空調室外機的旁邊發現後門。

棘握住門把，當然是鎖住的。現在又該怎麼辦？青兒還是好奇地看著。

碰！

棘一腳踢出，把門給踹開了。或許是開闔本來就有問題，被他一踢，鉸鏈就掉了。

「你、你在幹什麼啊！」

青兒正抗議時……

（哇！這是什麼味道！）

屋內飄出的惡臭讓他不由得閉上嘴、摀住鼻子。

好像是東西腐爛的臭味。

棘抽了一下鼻子，然後連眉毛也沒動一下，漠然說道：

「裡面……應該是廚房吧。」

——你是狗嗎？

棘不理會正在內心吐嘈的青兒，逕自穿著鞋子走進去。這是如假包換的非法入侵，如果有人報警，鐵定會立刻被當成現行犯逮捕。

（可惡，死就死吧。）

青兒自暴自棄地脫了鞋子跟著走進去。裡面是一條狹窄的通道，左邊是廁所，再繼續前進就是廚房。

青兒一面摸著牆壁找尋電燈開關，一面小心地往前走。

「啊，有了。」

他按下開關，視野立刻一亮，眼前出現的是簡樸的廚房。

貼磁磚的牆上掛著平底鍋和湯鍋。看起來她使用任何東西都很珍惜，到處都收拾得乾乾淨淨、整整齊齊。

「……好像真的有點奇怪。」

沾著灰塵的玻璃窗前放著枯萎的盆栽，仔細一看，流理台也布滿水垢，裡面放了一大堆熟菜的包裝，牆邊放著堆積如山的塑膠袋，似乎是收垃圾的日子忘記拿出去的。

最嚴重的就是那股惡臭。

（搞不好真的是因為認知症的關係，以致冰箱裡的東西都臭掉了。）

青兒正在想這件事時就發現了冰箱。呃，實在不想打開……他決定假裝沒看到，像螃蟹一樣橫行拉開距離。

「別逃避。」

棘像猛犬般皺起鼻子凶狠地罵道。老天爺啊。

但是……

「奇怪？」

青兒還以為整個冰箱都塞滿腐壞的魚和肉，沒想到裡面卻空蕩蕩的，看來老太太幾乎三餐都是吃超市買來的熟菜。

「呃，可是，那臭味是哪來的？」

此時突然有個黑影從青兒的腳邊掠過，把他嚇得跳起來。

他本來以為是蟑螂，仔細一看又好像不是。雖然同樣是扁平的甲蟲，但牠的觸鬚較短，身體較方，而且黑漆漆的。

「這大概是死出蟲吧。」

棘喃喃說著。

「牠又稱為埋葬蟲，是以動物的屍體為食物的食腐性甲蟲。」

真、真是不吉利的資訊。

死出蟲不理會戰慄的青兒，沙沙地爬過木頭地板，最後到達流理台。

「咦？這是什麼？」

地板上有兩塊正方形的活動門板，像是一個掀蓋式的地下儲藏室。

死出蟲鑽進門板間的縫隙，像是找到食物。沒錯，死出蟲是能嗅出屍臭的蟲子。

「……原來是這裡。」

「呃，那個，等一下，我還沒做好心理準備……呀啊啊！」

棘一拉開門板，就有一大片小黑點飛了出來。

——是蒼蠅。

接著惡臭撲鼻而來。

青兒正要開口大叫，蒼蠅卻飛了過來，令他幾近瘋狂地猛揮手臂。

腥臭的黑暗中出現了幾具腐爛的狗屍。

眼球大概已經爛光了，空蕩蕩的眼窩裡爬著白色的蛆蟲，還有漆黑的死出蟲——已經成為蟲的巢穴。

直衝腦門的惡臭令青兒發出「噁」一聲。他摀住嘴巴，勉強忍住嘔吐的衝動。到底發生什麼事？他甩甩混亂的腦袋，無意識地退後。

「巴哥、蝴蝶犬、玩具貴賓犬、臘腸狗……還少一隻。」

說出這句話的是棘。他盯著地上的洞穴，看不出是什麼表情。

「鈴老太太稱為『小茶』的狗總共有五隻。」

青兒聽不懂他在說什麼。棘多半從他的表情看出這點，一臉不耐煩地哼了一聲。

「臉皺巴巴的是巴哥，耳朵像蝴蝶的是蝴蝶犬，捲毛的是玩具貴賓犬，腿短的是臘腸狗——鈴老太太對『小茶』的描述，符合這些不同品種的狗的特徵。」

「咦？為什麼會這樣？」

「原本的那隻應該是雜種吉娃娃，那隻狗不見以後，驚慌的鈴老太太在外面到處尋找，一看到類似的小型犬就以為是小茶，便帶回家了。」

「那些狗是哪來的？」

「應該是棄犬，或是迷路的狗吧。」

棘若無其事地說，但他的臉上帶著些許憂鬱，彷彿悄悄哀悼著這些狗的死亡。

「可是，到底是誰把這些狗……」

青兒講到一半，突然想到一個可怕的答案。

「該不會是鈴老太太吧？」

他不自覺地用了祈求的語氣。

如果鈴老太太真的一再把狗帶回家殺死，把屍體藏在地下，還把這些事忘得一乾二淨，那實在太悲慘了。

「我想這種可能性不高。從她說的話聽來，狗都是在晚上不見的，那時她已經服用安眠藥睡著了。」

「可、可是，她怎麼會沒發現這股臭味呢？」

「嗅覺衰退是阿茲海默型認知症的初期症狀，而且人的嗅覺很快就能適應臭味，所以就算她一直沒發現也不是什麼奇怪的事。」

可是，說不定鈴老太太出現了夢遊之類的症狀，因此在睡夢中把狗給殺了……

「你看太多恐怖電影了。」

「鈴老太太不是自己一個人住嗎？那兇手到底是……」

「我們就是來調查這件事的吧。」

棘聳聳肩，漫步走向隔壁房間。青兒連忙關上地下儲藏室的門板，跟了過去。

古意盎然的串珠門簾的後面是鋪著榻榻米的三坪房間。

那是古早時代的客廳，放著電視機和小矮桌。底端有著面向庭院的落地窗，闔上的窗簾縫隙間看得見外面深深的黑暗。

從變大的雨聲聽來，外面似乎下起了傾盆大雨。

「呃……啊，找到了。」

青兒拉了自天花板垂下的電燈拉繩，視野頓時明亮起來。

面向廚房的左手邊是紙門，牆角放著小小的衣櫃。棘正站在那裡看著衣櫃的頂板，上面積滿灰塵。

（……奇怪？）

有一塊方形區域沒有灰塵，好像有什麼東西不久之前還放在那裡。

「呃，那個，這是……」

青兒正想發問。

嗡嗡嗡嗡嗡——突如其來的聲音嚇得青兒跳起來。仔細一看，小矮桌底下有個對摺的坐墊，裡面傳出模糊不清的鈴聲。

「咦？難道那個是……」

拉出來一看，果然是鬧鐘。那是指針式的鬧鐘，設定鬧鈴時間的指針指著鐘面上的「6」前面一點。

五點五十分——正好是現在的時刻。

這是怎麼回事？

鈴老太太說，她每晚都會把起床時間設定為早上七點。這麼說來，現在的鈴響時刻就是特地改的。真奇怪，這間屋子裡應該沒有別人啊？

（嗯？）

青兒發現棘的嘴角似乎露出微笑，但是很快就消失了。

「喂，笨狗。」

——可惡。你以為這樣叫我，我會回答嗎？

「……幹嘛？」

「沒事做的話就去裡面調查一下，我要出去打個電話。」

棘從懷中拿出手機說道，然後用下巴指向串珠門簾後面的陰暗走廊。

——才不要。

雖然青兒很想這樣說，但是真的說了可能會有很嚴重的後果。

青兒在心中默默祈求著「希望他再被鵺咬一次」，心不甘情不願地走出客廳。他嘩啦一聲鑽過門簾，就發現走廊左邊有一扇嵌著霧玻璃的門。

（呃……那裡大概是洗臉台或浴室吧？）

他戰戰兢兢地握住門把，邊窺視著縫隙邊緩緩打開。

有一股令人不舒服的氣氛。

是視線嗎？好像有人在看，就像深夜在浴室洗澡時突然感到背後有人在看著自己，不過那多半只是神經過敏。

（唔，總之先開燈吧。）

青兒拚命在牆壁上摸索電燈開關，按下去，頭頂的日光燈亮了起來。

「咿！」

出現在正前方的不銹鋼拉門——多半是浴室——上半嵌的霧玻璃映出模糊的人影，嚇得青兒頓時發出慘叫。

但是……

「……什、什麼嘛，是我啊。」

他發現那是自己的影子，才鬆了一口氣。大概是因為門的另一邊很暗，霧玻璃反射了日光燈的燈光，才會變得像鏡子一樣。

（不過這裡真的很可怕。）

青兒僵硬地轉過身來，終於有心思好好觀察周遭的情況。

這裡大概是洗臉台兼脫衣間吧，鋪著木板的狹窄空間和廚房一樣堆滿物品，看起來像業務用的大瓶裝洗潔劑放在正中央。

附鏡子的洗臉台上，有一根牙刷插在漱口杯裡。此外還有忘記蓋蓋子的牙膏，以及纏著白髮的梳子。

如同昭和時代遺留下來的雙槽式洗衣機底層放著可能忘記拿出來曬的衣物，現在已經變成皺巴巴的鹹菜乾。

不過青兒沒有找到任何異常的地方。話說回來，他根本不知道該調查什麼。

（呃……總之接著看浴室吧。）

他又轉向裡面那道拉門。

「咦？」

此時，他的腦海裡響起警鐘。

——好像哪裡怪怪的。

但他不知道到底是哪裡奇怪。那種感覺本來就無關理性或思考，而是類似野性的直覺。如果出現這種感覺，不儘快找出原因的話，恐怕會發生不可挽回的事態。

「啊……」

青兒發現問題的瞬間，體溫彷彿瞬間降低了。

沒有影子。

映在霧玻璃上的人影不見了。剛才明明在那裡，青兒還以為那是自己的影子。

——仔細想想。

聽說玻璃可以反映出東西是因為光滑的表面反射了光線。既然如此，表面凹凸不平的霧玻璃根本不可能產生鏡像。

（那麼，剛才那個難道是……）

真的有人站在霧玻璃的另一側——站在浴室中嗎？就像青兒站在洗臉台看著那邊一樣，那人也在浴室裡看著這邊。

青兒乾嚥著口水。

他戰戰兢兢地摸著拉門，打開一小條縫隙往裡面窺探。

就在此時，遠方傳來鐘聲，大概是公園裡的防災廣播喇叭播放的。是充滿雜訊又破音的〈晚霞小片天紅〉。

這時，浴室門喀啦一聲拉開，裡面伸出一隻手揪住青兒的胸前。

那只是一瞬間的事，迅速得連眨眼都來不及，整個視野彷彿都變成慢動作。

伸出那隻手的是和青兒差不多年紀的青年。在他太長的瀏海底下，一雙爬滿血絲的眼睛瞪著青兒。

突然，那名青年變成一個光頭又多毛的醜陋男人，長滿體毛的三根手指貪婪地在半空抓著，舌頭長長地伸出嘴巴。

怪物很快又變回人形，隨即拉著青兒的衣襟把他拖進浴室。青兒往前撲倒在地，手撐住了貼磁磚的地板。

一陣風從上方吹來。

青兒有種不好的預感，扭頭一看，從正上方睥睨他的青年，正高舉著某樣東西朝他砸下來。

那東西……看起來像是鬧鐘，帶有昭和時代的風格，是大理石製的，感覺非常沉重。如果被那東西砸到，鐵定是一擊斃命。

「要命啦！」

青兒在千鈞一髮之際趴下閃避，但還是被砸到肩膀，痛得整隻手都麻了，他不禁按著肩膀呻吟。但那男人隨即又揪著他的衣領往上拉，令他一頭撞上浴缸的邊緣。

鼻腔裡湧出血腥味，視線一黑。雖然這一撞差點撞得腦震盪，但青兒還是勉強維持住清醒意識。

青兒仰天倒下時，那男人立刻騎到他身上，用力掐住他的脖子。

拇指深陷咽喉，令青兒發出青蛙叫聲般的呻吟。他耳底盤旋著血液流動的噗噗聲響，臉漲得通紅。

（可惡，我得趕快通知在外面的棘！）

看是要發出聲響，或是大聲叫喊，一定要想辦法求救。

不，等一下。

（……咦？不對啊？）

是說棘幹嘛去外面？他說要打電話，乍聽是個很合理的理由，但他又不像那種不好意思在別人面前講電話的纖細男人，而且現在還是必須撐傘才能出門的雨夜。

難道……青兒在心中自言自語時，逐漸想起一些片段的回憶。

棘指示青兒在屋內調查之前曾經露出微笑。他之前專注地盯著衣櫃，該不會就是因為那裡有放過鬧鐘的痕跡吧？

（難道他早就知道會發生這種事？）

青兒不知道詳細理由，但棘似乎已經發現有人躲在屋內，他是為了找出那人的藏身處，才故意派青兒進來調查。

他是故意對青兒見死不救——因為他不能違反和篁的約定，所以才故意走到屋外，好讓青兒在他看不見的地方被殺。

（這個混帳傢伙！）

青兒一時怒氣攻心，眼前變得一片紅，但現在可沒閒功夫跟棘生氣。再這樣下去一定會死，絕對錯不了。他一定要想辦法解決眼前的事。

（這已經是第二次有人要殺我了。）

第一次是芹那拿著菜刀追殺他。

但是……坦白說，那次青兒心中已經有了放棄的念頭。雖然他怕痛又怕苦，所以不想死，但真的該死的時候也只能死了。

因為他的人生並沒有精彩到讓他在突然面臨死亡時會留下任何遺憾。

何止如此——

（我什麼都沒有。）

他沒有家、沒有錢、沒有工作、沒有朋友，就連能去的地方和能待的地方都沒有。

——什麼都沒有。

當時的他真的是什麼都沒有。

不，就算是現在，他還是幾乎什麼都沒有。

（但是現在……）

現在他有了皓，至少有一個需要他的人。

而皓目前依然生死不明。

——沒有比這更令我遺憾的事了。

青兒從褲子後面的口袋裡掏出手機，拚盡吃奶的力氣敲向青年的臉。大概是正中鼻子，對方掐住他脖子的手頓時鬆開一點。

青兒趁機爬起來，用全身撞向按著鼻子起身的青年，兩人一起跌進了浴缸。

被壓在下方的青年亂踢一通，死命伸手去抓浴缸的邊緣，此時青兒恰好摸到水龍頭，不管三七二十一便轉開。出水口正好連接到蓮蓬頭，強勁的水柱直沖青年的臉。

青年正想爬起來，卻被水勢沖得腳下一滑，又跌在浴缸裡。他急著想再爬起來，但流個不停的水讓他很難抓穩或站穩。

青兒趁這個機會跳出了浴缸。

他從敞開的拉門跑回洗臉台，不料被地上的東西絆了一跤，重重摔倒在地。

這時在浴室——

青年好不容易摸到水龍頭，關上蓮蓬頭的水柱。他聽見洗臉台傳來吵雜的聲響，接著是掀開門簾的嘩啦聲，想必人已經逃到客廳。

他恨恨地罵了一句，摀著水龍頭洩憤。鮮血從鼻子流出，他生氣地用手背擦拭，搖搖晃晃地爬出浴缸。

青年來到洗臉台，打量走廊上的情況。

聽不到聲音，也感受不到有人在的風吹草動，那人多半已經逃到屋外。

他從打開的門望向客廳，只見掛在客廳入口的串珠門簾微微晃動著。

除此之外，沒有任何動靜。那人一定是逃出去了。

青年呼了一口氣，走到走廊上，正要朝客廳前進時……

嗖的一聲。

青年還來不及回頭，站在他背後的青兒就舉著重達四公斤的大瓶裝洗潔劑朝他的腦袋砸下來。

「鏗」的一聲，青年被打得幾乎腦震盪，倒在青兒腳邊，翻著白眼昏過去。

說穿了其實也沒什麼了不起。

把逃出洗臉台的青兒絆倒的東西正是那一瓶洗潔劑。只是這樣罷了。

青兒情急之下抱起瓶子跑到走廊上，盡可能把串珠門簾弄出聲音，然後貼在牆上等著青年出來。

別看青兒這個樣子，他以前碰過的諸多危機可不是白白經歷的。

因為他打工十次裡有四次是被老闆說「以後別再來了」而趕走的，有的甚至發展到動刀的地步，在可疑的酒吧工作時還被店長拿著高爾夫球桿追殺。至於理由嘛，他已經決定要帶進棺材裡。

（不過這還是我第一次反擊呢。）

青兒忍受著各處關節的疼痛，看著倒在腳邊的青年。那一動也不動的身影如同被沖上岸的海豚或鯨魚。

（該不會是死了吧？）

他把耳朵貼到青年的嘴邊，聽到平穩的呼吸聲，才放下心中大石。

不過這個人到底是誰？

從狀況判斷，他鐵定是在青兒等人進來之前就躲在屋內。

但鈴老太太明明是一個人住，洗臉台只有一根牙刷，也沒看到刮鬍刀，所以這人一定不是跟她住在一起的家人。

說不定他跟地板下的那些狗屍有什麼關聯。

（……總覺得他有點像誰……）

領口因汙垢而泛黑的上衣，腳跟處磨破的運動鞋，沒有血色的臉頰，像是沾上煤炭似的黑眼圈。那表情疲憊得彷彿快要沒力氣活著。

啊，對了，這個男人和青兒在大約十個月前，被討債公司逼得只能到處睡網咖時的模樣很像。

（呃……總之先把他綁起來吧。）

畢竟他們再怎麼像還是無關的人。青兒把雙手伸到青年的兩邊腋下，把他拖到客廳裡。正在思考要找出塑膠繩還是要用延長線代替時……

「啊……」

青兒和棘四目相對。棘不知何時回來了，一臉不悅地站在客廳裡，咂著舌頭盤起手臂說：「……沒想到你還挺會撐的。」

——好，決定了。我不會再詛咒你禿頭，哪天一定要親手剃光你的頭髮！

青兒滿腹怨念，下了這個決定。

「然後呢？」

「什麼？」

「他看起來像什麼怪物？」

——誰要告訴你啊？笨蛋！

青兒差一點就要這樣說，但是一想到鈴老太太和狗兒們，又把這句話吞回去，心不甘情不願地說出實情。

「……原來是火間蟲入道。」

沒想到棘一下子就回答出來。

「在世之時毫無建樹、一輩子活得懶懶散散的人，死了以後靈魂會變成火間蟲入道。這是鳥山石燕《今昔百鬼拾遺》裡的妖怪。如同其名所示，牠的外型看起來像個光頭的男人，實際上卻是蟑螂的化身。」

據棘所說，中國《本草綱目》記載蟑螂的別名叫做「油蟲」，而雄性又稱為「火蟲」或「燈蟲」。

「火間蟲的『火間』（HIMA）和『閒暇』（HIMA）同音，也有人認為『蟲』（MUSI）指的是枉度一生的『夢死』（MUSI）。為此石燕也認為，火間蟲是『過分懶惰、對別人毫無助益、虛度一生的人死後變成的怪物』。」

有一句話叫「醉生夢死」，意思是什麼都不做、只是白白過完一生的人。原來這種懶惰鬼死了以後就會變成火間蟲入道，也就是蟑螂的化身啊。

「蟑螂的習性是躲在暗處，悄悄寄生在別人的家裡，趁人沒發現時在家裡到處走動、偷吃人家的剩飯，最後甚至吃光整個家。」

棘接著說「然後」，用一種看著蟑螂的眼神望向躺在地上的青年。

「這個男人就像蟑螂一樣躲在鈴老太太家裡，趁她白天出門去公園和超市、以及晚上吃了安眠藥睡覺的時間才跑出來，在客廳小睡片刻，或是借浴室借廁所、偷吃廚房裡的剩菜，就這樣寄生在別人家裡。」

從外型看來，他的真實身分應該是流浪漢吧。

他可能是在某個契機下拿到鈴老太太家的鑰匙，根據主人的作息時間入侵家中，在這裡包吃又包住。

「讓我發現這點的關鍵是鬧鐘的設定。鈴老太太說，她每晚睡覺前都會先轉鬧鐘後的旋鈕設定起床時間，但是這樣未免太奇怪了。」

「嗯？怎麼說？」

「既然她每天都是七點起床，就沒必要每晚重新設定時間吧。」

青兒忍不住「啊」了一聲。的確是這樣，如果每天的起床時間都沒變，只要開啟鬧鈴就行。

「根據我的推測，這個男人白天入侵的時候，會先把鬧鐘夾在對摺的坐墊裡才開始睡覺，起床時間設定成鈴老太太離開公園前的下午五點五十分，所以鈴老太太才需要每晚重新設定時間。」

原來如此。

「之所以要把狗殺掉，想必也是因為狗妨礙了他的寄生生活。每次鈴老太太把其他狗當成『小茶』撿回來，他就會趁著夜晚把狗殺死，藏在地板下。」

而鈴老太太看不到狗，以為是跑出去了，才會到處找，找了一天又一天、一個月又一個月……最後她無計可施，就跑來偵探事務所求助。

「太過分了……」

青兒喃喃說著，背後突然傳來哀號，轉頭一看，那個青年像彈簧似地抖動一下，一臉錯愕地倒在榻榻米上，嘴唇不住顫抖。

棘慢慢轉過頭來看著青年那副模樣，露出笑容，彷彿顯現獸性的殘虐笑容。

然後，他的手杖在地上「咚」地敲一下。

「出來吧。」

地下儲藏室的門板「磅」一聲掀開。

裡面跳出像野獸一樣有四隻腳的黑影，總共四隻，每隻的高度都不及膝蓋高，張開的嘴巴裡露出黑漆漆的牙齒。

黑影發出長嘯，如獵犬宣告狩獵開始。

這幅極不真實的景象，令青年愕然地張大眼睛。

「什、什麼啊！那是什麼東西！」

「那是『臑蹲』，原本是被你殺死的那些狗。你可別說你忘記囉。」

「啪」的一聲，棘彈響手指。

「上吧。」

那是制裁的宣言。要將有罪之人施以審判，打入地獄。

「咿咿咿！」

青年因恐懼和混亂發出慘叫，衝出客廳，經過門邊的鞋櫃，拉開門把，跑出屋外。

狗兒們全都一起追了過去。

狗一跑出屋外，就頓時消失蹤影，但不知為何還是聽得見腳步聲，以及那些一個勁兒狂奔的狗兒們沉重的喘息聲。

看不見的狗在下著雨的路上奔馳。或許那就是臑蹲原本的樣貌吧。

然後……

「……咦？」

青兒感覺到一股動靜，回頭一看，有一條小小的黑影此時才從客廳裡冒出來，踩著噠噠的步伐跑向門口。

——是第五隻。

「唔……可能是最早的那一隻吧，就是在地下找不到屍體的雜種吉娃娃。雖然沒有屍體，但死前的心念還是殘留了下來，也就是所謂的亡靈。」

「所以那就是……」

鈴老太太一開始養的「小茶」？

埋怨、憤怒——驅使著這五隻狗的動力，多半是對於殺害自己的人的復仇心。就算殺死對方也不足以洩憤。

（自作自受……可以這麼說吧。）

青兒難以釋懷地搖搖頭，就在此時……

「啊！」

他發出驚呼。有一個念頭突然浮現在他的腦海，有點類似直覺。

「等、等一下……請等一下！」

青兒絞盡腦汁，努力思考要怎麼說。

「說不定……他不只是一個普通的壞人！」

仔細想想，依照狀況判斷，棘踢破後門的時候，那個青年很可能正在睡覺。獨居的老婦人出門時，有兩個可疑人物穿著鞋闖進來。任誰看來都會覺得他們是闖空門的強盜。若是為了自身安全著想，青年大可選擇逃跑，從他現在穿著鞋子這點也能看出他曾想過要逃到屋外。

可是，他最後卻決定拿著衣櫃上的鬧鐘躲進浴室，甚至為此特地回到屋內。

（他這麼做的理由說不定是為了鈴老太太。）

是啊，他聽到〈晚霞小片天紅〉的曲調就知道鈴老太太要離開公園了，也知道如果她就這樣一無所知地回家，很可能會和這兩個入侵者撞個正著。

（所以他……是在擔心老太太囉？）

因為這樣，他才會留在屋內，以防萬一——其實他是想要幫助鈴老太太。

但是棘聽了青兒的推論後……

「是喔。」

他挑起一邊眉毛。

「……那又怎樣？」

棘冰冷地說道，然後揪住青兒的衣襟，神情凶惡地把臉貼近。

「的確，那個男人或許想要幫助他寄居的老婦人屋主，不過，難道我要因此免除他的罪，給他贖罪的機會？就像那個半妖一樣？哈，搞不懂狀況的人應該是你吧。」

他語氣凌厲地繼續說：

「地獄的處罰本來就沒有赦罪的必要，既然犯了罪，哪裡還有斟酌的餘地？」

但他的眼神反而十分冰冷，不帶半點感情。

「對受害者來說，犯罪就是犯罪，不管再怎麼贖罪，也不可能抵免罪與罰，所以我有義務讓罪人受到應得的懲罰。」

是啊，畢竟沒有人可以讓已死的人活過來，所以蒙受罪惡後果的受害者只能期望罪人受到懲罰。

「如果道歉就可以解決一切，死後的世界就不需要有地獄了。」

青兒無話可說。沒錯，有些罪過是絕對無法挽回的。

好比那個青年，即使他有值得同情的地方，那些死掉的狗也不可能再活過來。

即使如此……

青兒推開棘的手，去後門穿上脫下來的鞋子，衝到下著雨的路上，不過即使他想追趕，也已經看不到青年的身影。

（其實我都知道。）

青兒默默在心裡說著。他為了甩開猶豫，用力打了自己的臉頰。

沒錯，棘說得很有道理。

可是就算別人罵青年「殺狗凶手」、朝青年丟石頭，青兒還是沒辦法對他見死不救。因為那個青年就像是從前的青兒。

青兒相信，如果沒有遇見皓，自己一定也會變成那個樣子，所以他沒辦法對那名青年的遭遇置身事外。

——因為我得到了幫助。

為了盡力找出線索，青兒拿出手機，打開搜尋引擎ＡＰＰ輸入「濡劘」，但是得到的資訊非常有限。

『會在下雨的夜晚貼在路人腳邊、外型像狗的東西。』

頂多只有這樣。

「可惡！」

青兒咆哮了一聲，按捺不住地在雨中奔跑。

只有他獨自一人。

*

每一天，都要看母親的心情過日子。

自從懂事以來，汀一志都是如此生活。

看在旁人眼中，他們是隨處可見的普通母子。一個是熱衷教育的母親，一個是懦弱又認真的獨生子。但事實上，他只覺得母親和他的關係就像獄卒和囚犯。

小學放學以後，一志就在母親的陪伴下念書。

不，說陪伴太輕描淡寫了，她那名為陪伴的監視每天都持續到三更半夜。只要他稍微打個盹，就會被母親拿課本打頭，或是臉上被潑茶水。

「為什麼要惹我生氣！」

這是母親的口頭禪。如果一志默默地挨罵，她還會教訓他說：

「為什麼不吭聲！快給我回答！」

然後，他整晚都會被關在廁所裡。母親沒有把他趕出家門，大概是怕被鄰居說話吧。在廁所裡雖然有水可以喝，但在冬天裡會很冷，一到夜晚就變得烏漆墨黑。

他為了取暖而抱膝坐在有暖座功能的馬桶座上，覺得自己好像會在黑暗中溶化，變成一具死屍。

這麼一來就輕鬆多了。

即使如此，一志在國中三年裡一直保持全校榜首的成績，還順利考上縣內最好的升學學校，但他沒過多久就開始拒絕上學。

他只要穿著制服站在玄關，就會感覺身體變得很沉重；即使被罵被打，他還是沒辦法前進一步。

一志成了一個不上學的家裡蹲，而且他很久以前就知道自己會變成這樣，因為他總覺得自己跟這個世界格格不入，彷彿自己天生就是個和別人不一樣的無趣生物。

起初，母親很勤快地去他的高中和輔導老師及班導師討論；在他決定退學以後，母親轉而鼓吹他去上同等學力的補習班；到最後，她彷彿當成世界上沒有一志這個人。

就像父親一樣。

身為公務員的父親，每晚都到十點左右才回家，從冰箱裡找東西出來當下酒菜，一個人呆呆看電視。

就算整晚聽到廁所傳來孩子的哭聲，他也不以為意，頂多只是想尿尿的時候要尿在寶特瓶裡。如今他要回想父親的臉，除了那沾滿手垢而模糊不清的玳瑁框眼鏡之外，什麼都想不起來。

一志的情況也差不多，只是把電視換成電腦而已。

不一樣的是，母親根本不容許一志進入她的視野，光是看到他出現，她就會對他又打又罵，甚至想把他擊垮。

簡直把他當成人形的蟑螂。

不知從何時開始，一志都等到母親就寢以後才溜出房間，去冰箱找東西吃，用這種方式生存下去，如同一隻躲在屋內的害蟲。

五年後的某一天，他深夜在廚房撞見了母親。

桌上丟著一個醫院的藥袋，他從印在袋子上的醫院名稱看出那是身心疾病的藥物，但是她什麼都不對一志說。

他轉身背對日光燈的燈光，想要躲進黑暗的走廊時……

「好孩子，好孩子，怎樣都好的孩子。」

後面傳來有節奏的聲音。那是垂著頭坐在桌邊、凝視藥袋的母親發出的聲音。

「半夜在廚房找東西吃，一開燈就逃走，簡直像蟑螂一樣。」

母親說完之後抬頭望向一志，憎恨、怨懟、輕蔑，以及其他所有快要爆發的感情隨著眼淚流下來。

「我的孩子竟然是這種人。」

然後……

「為什麼還活著？」

——別看我。

回過神時，一志已經用渾身力量朝母親的臉揍過去。

母親往旁一倒，摔下椅子，跌在地上。

她彷彿很驚恐地瞪著一志，臉色不是蒼白，而是發黑。她的眼中看不出是憤怒、驚訝還是害怕。

動手之後，他就克制不住自己了，時而掐母親的脖子，時而拳打腳踢。

這天父親也是在晚上十點回到家。他看到兒子騎在母親身上揍個不停，聽到妻子哀號著「救命啊！我快被殺掉了」，他還是整晚呆呆地看著電視。

隔天早上，母親幾乎是用爬的出了家門，然後就不再回來。半個月後，一志也離開了家。

他後來只有再回去過一次。

有可能是父母終於離婚，房子掛著「出售」的招牌，如今他的家已經成為空殼。

之後，他的生活就是無止境地下滑。

像是掉入一個深井，頭下腳上地不停下墜。

一開始，他到處找網咖住，也在就業服務處和徵才雜誌找工作。但他的學歷只有高中輟學，沒有住所，沒有身分證，也沒有保證人，在這種什麼都沒有的情況下，根本不可能找到像樣的工作。

他走投無路地用手機登入求職網，找到了支付日薪的倉庫或工廠工作，但是每個工作都有一堆人擠破了頭在搶，一週搶得到兩次就算不錯了。

因為手上的錢越來越少，他的衣服都沾著汗漬，出油的頭上散發噁心的臭味。由於找不到睡覺的地方，他臉上總是掛著黑眼圈，無論白天晚上都一副昏沉沉的樣子。

他沒有家，沒有錢，沒有工作。

也沒有活著的價值。

——什麼都沒有。

為了找尋睡覺的地方，他找到一個小公園。

那地方就像是街區裡的一個空洞，有溜滑梯、兩人座的長椅、飲水機，除此以外什麼都沒有。

到了傍晚，防災廣播喇叭播著〈晚霞小片天紅〉的旋律，但是沒有孩子們在這裡聽，甚至看不到一個路人。

這一切的情況都對一志有利。

四月的某一天，他在飲水機洗頭洗臉之後躺在兩人座的長椅上時，突然出現一隻狗。那是一隻雜種吉娃娃，脖子上沒有項圈，可能是野狗或是棄犬。

狗兒把前腳搭在長椅上，用濕濡的鼻子嗅著一志的味道。

一志坐起來時，牠立刻退後，但還是睜大眼睛看著他，那副神情與其說是戒備，更像是在思考該不該搖尾巴。一志無意識地伸出手去，牠嗅了幾下，就把鼻子貼上來。

「……肚子餓了嗎？」

他撕下一小塊配菜麵包，狗就吃得吧噠作響，看來是真的餓壞了。吃完以後，牠把前腳搭在一志的腿上，尾巴搖得快斷了，還舔著嘴邊。

之後，這一人一狗就成為公園裡的居民。

一志只是一時興起餵牠，以後牠要走就走吧。雖然一志抱持這種放棄的心態，那隻狗卻一直沒有離開過他。
狗兒會在沙坑挖洞，把頭伸進草叢嗅味道，到處跑來跑去，但牠的腳步似乎有些不穩，只要地面有些高低起伏，牠就會央求一志抱牠。
「喂！」
一志一呼喚，牠就會轉過頭來，輕輕地搖尾巴。
接著牠全速衝回來，先在一志伸出的手掌上聞一聞，然後跳到他的懷中，狂舔他的口鼻。
一志開始叫牠「茶子」。
沒什麼大不了的，只是因為牠的毛是茶色，而且是母的。
取了名字以後，牠就是一志的狗。其實他也知道自己這種人根本沒資格養狗，但是只要他一叫「茶子」，狗就會輕輕地搖尾巴；若是一志輕拍牠的頭、撫摸牠的背，牠就會開心地唔唔低鳴。
這一人一狗的生活出現變化，是在夏天即將到來的六月。
公園裡闖入了一個人。
——鳥飼鈴。

那是她的名字。

「哎呀呀，這麼想吃嗎？」

剛從超市買完東西的鈴老太太看到茶子用兩腳搭著助行車猛聞，就拿出一包炸雞。

「醫生叫我要常常出門曬太陽，我正想去長椅上做日光浴，沒想到已經有個可愛的客人先來了。」

鈴老太太邊說邊抱起茶子，眼角擠出了皺紋，看起來非常慈祥。

一志很想問她：「能不能請妳把這隻狗帶回去養？」

可是當時他不知為何就是開不了口。

茶子這個名字已經很簡潔，但鈴老太太還是簡稱牠為「小茶」。

鈴老太太看護祖父母和雙親很長一段時間，在他們相繼過世之後，她一直是獨自居住。自從她開始因忘記關火而燒焦食物後，她都是靠超市賣的熟菜來解決三餐。

「只有中午的剩菜，不好意思喔。」

她一臉愧疚地拿出魚肉香腸和打折的火腿給茶子，又請一志吃了豆皮壽司和便當。

然後鈴老太太談起了自己的事。

她提到唯一會和她說話的隔壁婆婆進了照護中心讓她覺得很寂寞，也提到自己漸漸藺居家中之後罹患失眠症，所以從醫院拿了藥效很強的安眠藥。

「一陣子沒跟別人說話，我連自己叫什麼名字都快要想不起來了。就算想問別人我是誰，也找不到可以問的對象。」

鈴老太太一面用催眠般的緩慢節奏說著話，一面撫摸茶子的頭。

——既然這樣，乾脆養隻狗吧。

一志怎樣都說不出這句話，也沒辦法對這個孤獨度日、漸漸被認知症侵蝕的老婆婆說出自己的際遇。

他也沒辦法承認自己不想要放棄茶子。

但是到了冬季將近的某一天……

「我要離開這裡了，請妳幫忙照顧這傢伙吧。」

一志說完以後把茶子塞到鈴老太太的手中，就跑出公園了。

之後他在提供宿舍的工地工作了一陣子。如果他還帶著茶子就沒辦法做這種工作。

他曾經放心不下地回到公園，看見鈴老太太坐在兩人座的長椅上，茶子趴在她的腿上。

她悠閒地摸著牠的背，不時對牠說話，像是對待一個小孩。

——看起來很幸福的樣子。

一志在過年之後又丟了工作，他沒有回到以前那個公園，而是住在車站附近的兒童公園。那裡白天充滿孩子吵鬧的聲音，但是有無障礙廁所可以遮雨擋雪，也還沒被其他流浪漢占據，令他非常慶幸。

但是……

某天深夜，一志聽見鞭炮聲，吃驚地從廁所裡跑出來，竟有沖天炮橫向朝他飛來。他用手擋住衝向他腦袋的火球，沖天炮「碰」一聲炸開，他的手被燙傷了。如果被打到眼睛，鐵定會瞎掉。

「臉啦！瞄準臉！」

「打他的眼睛！上啊！」

嘲弄的聲音聽起來非常年輕，甚至可說是稚嫩。那是車站前補習班的國中生。

慘了。這裡之所以沒有其他流浪漢，原來是因為這裡是被考試壓力壓得喘不過氣的國中生的「狩獵場」。

但是一志當時不是害怕，而是生氣。

——氣到幾乎想殺人。

回過神時，一志已經揪住跑得最慢的學生衣領，把他拽倒，接連踹了他兩三腳。呻吟變成啜泣，少年像毛蟲一樣蜷縮身子，滿臉眼淚鼻涕，瑟瑟發抖。

一志最後朝他的臉上再踹一腳，便離開了公園。他走路時感到腳下有異物，一看鞋底，有顆斷裂的門牙像小石頭一樣卡在運動鞋的溝紋裡。

他心想，糟糕。光是臉上有些瘀青或許還藏得住，但是傷害對方到這種地步鐵定會惹來警察。他恐怕再也不能接近那個公園。

被發現的話就死定了，他一定會被整得非常悽慘。

就像被拖鞋拍扁的蟑螂。

如同一隻光是活著就讓人不愉快、為了國家社會著想一定要撲滅的害蟲。

既然如此，他又為什麼要為別人著想呢？反正他不過就是一隻蟑螂。

後來他的情況只能說是鬼上身。

不知不覺間，一志來到鈴老太太的家門前，用鑰匙打開了門。她曾經說過，因為怕弄丟鑰匙進不了門，就在門邊的花盆裡藏了備用鑰匙。

他打算趁著鈴老太太深夜熟睡時從她的錢包裡偷錢，如果她醒過來，就把她用電線綑起來，拿廚房裡的菜刀威脅她。

一志走進屋內，在氣氛懷舊又溫暖的客廳裡看到鈴老太太躺在棉被裡。點著小夜燈的黑暗中，她睡得像死了一樣，乍看之下彷彿真的是一具屍體。

他肋骨下的心臟狂跳不已，為了確認她還在呼吸，他把手伸向她的臉。

這時，他小指的根部感到一陣痛楚。

是狗。

茶子從棉被中鑽出來，伏低身子，皺著鼻子發出低鳴。過了片刻，一志看到沿著齒痕冒出的血珠，才發現自己被咬了。

茶子似乎完全忘了幾個月前還和牠一起生活的一志。

牠彷彿在說「我不需要你了」。

母親說過的話此時又浮現在他的耳底。

『為什麼還活著？』

眼前突然一黑，茶子飛到半空，撞上牆壁，落在地上，一動也不動。

一眼望去，牠似乎只是吐著舌頭睡著了，但牠既沒有呼吸，也沒有心跳。身體還是溫熱的，如果及時處置或許還有救。

天亮以後，一志在鈴老太太醒來之前走到院子裡，把屍體埋在樹下。

這種情形重複上演了好幾次。

鈴老太太開始在街上到處搜尋失蹤的茶子，一志則是乘隙潛入屋內使用浴室、偷吃剩飯，藉此生存下去。

後來鈴老太太帶回了第二隻「小茶」，一志也把那隻狗殺了。但他沒力氣再把狗埋在庭院，所以只是把狗丟進廚房地下的儲藏室，然後持續地視而不見。

或許他其實希望被鈴老太太發現。他繼續殺了第三隻、第四隻、第五隻，每殺一隻狗，屋內的惡臭就增添一分。

一志沒辦法思考過往的事，也沒辦法思考未來的事。

他完全搞不懂，自己該怎麼活下去。

只有一句話不斷盤旋在他的腦海中。

——為什麼還活著？

如今，一志狂奔在下著雨的住宅區。

不管再怎麼跑，他都沒辦法安心，就像處於沒有出口的惡夢中。

他知道原因，因為追兵始終不停步。

他聽見粗重的喘息，四隻腳的腳步聲逐漸逼近，就在背後不遠處。即使回頭看不到狗的蹤影，一志還是知道有東西在追著他。

停下來就完蛋了。不只是如此，就算繼續跑，遲早仍會被追上。

他在恐懼和焦慮的驅使下不停奔跑。因為太喘而發出手動鼓風器般的咻咻喘息聲，聽起來很刺耳。

此時……

「咦？」

一陣熟悉的味道撲面而來。

是野獸的味道，像是被雨淋濕的狗會有的味道。

被追上了——當一志理解這一點時，他的腿突然感受到一股衝擊。

他連驚叫都來不及發出，往前撲倒，沙子嵌進他伸出的雙手，膝蓋重重地磨過地面。剛才真的有東西撞到他的腳。

「咿……嗚……」

他呻吟著正想要爬起來，突然發現自己倒在路燈下。死氣沉沉的人造光芒灑在積著淺淺水窪的路面上。

啪哧，水面出現小小的漣漪。

啪哧、啪哧、啪哧，彷彿有一群看不見的狗踩過水窪。牠們發出咕唔唔的低鳴，腳步聲從前後兩方逐漸逼近。

被包圍了。

「咿、咿咿咿！」

一志如脫兔般拔腿狂奔，然而他的腳又受到一股衝擊。

他這次無法用手撐住身體，臉部直接撞上地面。額頭受到重擊，痛得他眼冒金星。皮磨破了，鮮血隨即流出。他整張臉都是血。

「救、救命……」

同樣的情況重複上演。

每次有東西撞上一志的腳，他就撞傷臉、扭傷腳、折斷門牙、磨破嘴唇，說不定連鼻骨都碎了。

即使如此，那些看不見的狗的低鳴聲和腳步聲還是緊追不捨。

——緊跟不放。

就像成群的獵犬在追趕獵物一樣。

突然間，一道紅光竄入視野。在禁止通行的告示牌上，排列成「施工中」的紅燈發出光芒。是修水管的工程。

排列得像橄欖球爭球隊形的三角錐前方，有一個深度大約兩公尺的缽形洞穴。

——難道……

喉嚨發出「咕」一聲，他嚥下帶有血味的唾液。

一志此時才明白，那些看不見的狗是為了把他逼到這個地方才不斷追趕。說不定牠們正是打算讓他掉進這個洞穴。

——快逃！

——要被殺了！

他顫抖的腳想要往回走，但是……

「……咦？」

一志的上半身感受到一股前所未有的強烈撞擊。彷彿那些狗從柏油路面跳起，一起撞向他的身體。

下一秒，運動鞋的鞋底浮在半空，視野不停旋轉，身體彷彿飄浮起來。

一志還來不及理解這些現象，就被看不見的狗群撞得往後飛起，越過三角錐，頭下腳上地下墜。

接著……

回過神時，他看到一小塊圓形的天空。由於警示燈的光芒，呈放射狀落下的雨水看起來像是紅色線條。

看不見的狗群已經感覺不到了。這一切彷彿只是因為他自己的妄想與幻覺而演出的獨角戲。

——狩獵結束了。

他想要移動身體卻無法動彈。後腦杓非常痛，如同有隻無形的手把灼熱的鐵釘打入他的腦殼。頭感覺像是裂開了……說不定真的裂開了。

受傷的地方發出陣陣脈搏，就像後腦裡有顆心臟。每搏動一次，就有血液流出，位於左胸的心臟越來越虛弱。

再不求救就死定了。

雖然他這麼想，喉嚨卻只發得出濡濕的呻吟。他沒辦法發出聲音，視野逐漸被黑暗吞噬。

附近一帶靜悄悄的，連路人的腳步聲或經過的車聲都聽不見。畢竟這裡本來就很少人來，更何況此時還擺著禁止通行的告示牌。
搞不好要到隔天早上繼續動工時才會有人發現。發現已經成了屍體的一志，躺在洞穴底部。
喔，這樣啊……看來會死在這裡了。
理解這點之後，一志突然對一切都感到厭倦。虧他拚死拚活地逃跑，卻落得這種下場，真是太愚蠢了。
他再怎麼討厭痛苦、討厭辛酸，還是想活下去，可是他始終無法像樣地活著。
如果死在這裡，一切都結束了。
他在心中喃喃說道，發出安心的嘆息，卻又聽見呼呼的喘氣聲，還有踩踏沙礫的喀喀聲。
——還在，而且很近。
好像只有一隻，牠踩著有些蹣跚的腳步筆直地走來。
一志勉強地轉動眼珠，但是地面上的紅燈照不到洞穴底部，視野一片昏黑，什麼都看不見。
此時，仰躺的一志感覺手指摸到了某個東西。

一股如洪水般洶湧的懷念情緒令他明白一件事。濕濕的鼻子貼著他的指尖。

——是茶子。

他還以為茶子想要咬他。為了報殺身之仇，想要咬斷他的手指。如果牠想要這麼做，那也是理所當然的。

可是……

溫熱的舌頭舔著他小指的根部。

此時他想起來了。

茶子舔他的臉或手時，都會先嗅一嗅味道，就像在確認眼前的人真的是一志。

此時，他猛然想到一種可能。

（難道……）

一段段零碎的記憶如拼圖般逐漸拼湊起。

難道茶子——視力有問題？

牠在搖尾巴時、在舔一志的臉或手時，都一定要先聞味道。或許這是因為牠必須這樣做才能確定眼前的人真的是一志。

仔細想想，牠走路時腳步不穩，碰到高低不平之處一定要人抱牠，可能都是因為牠看不清楚腳下的路。之所以被以前的飼主拋棄，或許也是因為這樣。

（那麼，那個時候難道也是……）

茶子咬了幾個月不見的一志，可能也是因為眼睛看不見，才把他當成突然闖進來的入侵者。牠沒發現對方是一志，才會為了保護鈴老太太而發動攻擊。

「怎麼會……」

他愕然的低語被充滿血味的咳嗽打斷了。

茶子如今仍持續舔他的手指，同時擔心地唔唔呻吟。

一志終於發現了。

那裡就是茶子咬過的地方。

（難道……怎麼會……）

如今在他眼前的茶子或許是亡靈。

或許茶子在死前並沒有憤怒或怨恨，而是因為咬了他充滿愧疚。

或許牠現在想著：「是不是很痛？有沒有受傷？」擔心地舔著他的傷，試圖請求他的原諒，想要和他重修舊好。

（難道牠死了以後還是……）

還是一直想向一志道歉？彷彿希望繼續在一志的身邊玩耍、睡覺、行走，希望再次回到過去那段一人一狗的生活。

一志想要叫，喉嚨卻被血塊堵住，只能發出不成言語的聲音。

宛如野獸的哭聲。

*

在青兒奔跑之間，雨越下越大了。

他在狹窄的巷子裡鑽來鑽去，尋找化為臑齭的狗群，以及被追趕的青年。如果從空中看下來，他一定很像迷宮實驗裡的老鼠。

青兒只有一開始是全速奔跑，沒多久就喘得上氣不接下氣，每跑一步視野都在搖晃，雙腿也因體力不足而顫抖。

他一直跑一直跑，但在不知不覺間變得跟走路沒兩樣。不知何時，他的喘氣變成白霧。天空似乎下起霙，好像隨時會把人給凍死。

青兒開始覺得自己做什麼都沒用。是說他企圖拯救別人的性命，根本是搞不懂自己有幾兩重。

他什麼都做不到，也沒必要去做什麼，更別說幫助別人。長久以來，他都是這麼過活的。

「可是……」

青兒喃喃自語，像狗一樣甩著頭上的雨水。

——如果是皓，一定會停手的。

當他這麼想的時候……

『搞不懂狀況的人應該是你吧。』

棘那句冰冷的發言又在青兒的耳中迴盪。

或許棘說的沒錯，但是皓也絕對沒錯。棘純粹是看罪行的嚴重程度來決定懲罰的輕重，皓關注的則是犯下罪行的那個人。

犯罪者以及受害者，兩方都是人。對皓來說，都是徹頭徹尾的人。

既會受傷、受騙、受害。

也會傷人、騙人、害人。

會以受害者的身分祈求罪人受到懲罰。

也會以罪人的身分期待得到贖罪的機會。

——這就是人。

如果是自己被殺了。

如果是自己殺了人。

皓想必是看這天秤的傾斜度來衡量要判處的刑罰吧。

此時，青兒突然發現。

（皓會不會根本不想當魔王？）

仔細想想……不，根本不需要想。

皓太了解人心了。

就算他將來獲得魔王的寶座，等待他的大概只有無法想像的孤寂吧。

雖然手下掌控著魔族，卻又擁有人心的一個人。

——孤單的一個人。

皓對罪人的處罰一直那麼消極，說不定是在表達「不想過這種生活」的心情。

就算那是能讓皓獲得自由的唯一方法。

（那麼，或許皓也不知道自己該用怎樣的方式過活……）

警笛聲突然響起，青兒發現視野變得一片鮮紅。仔細一看，一輛紅白二色的車子在T字路口轉彎。

——是救護車。

青兒突然感到背脊發涼，渾身血液凍結。他勉強抑止雙腳的顫抖，腳步蹣跚地走向轉角。

警笛已經關閉，救護車亮著紅燈停下來，被看熱鬧民眾的雨傘簇擁著。

一個人被擔架抬進了車廂。

那隻下垂的手，蒼白得令青兒移不開目光。白得像是血液停止流動的屍體。

（難道……）

青兒顫簸地走近，發現前方路面有一個缽形洞穴。那裡正在施工中。

洞穴底部有一灘血跡，還有一隻疑似在搬運時掉落、鞋跟部位破洞的運動鞋。

（啊，這樣啊，已經死了……）

青兒感覺空氣突然變得稀薄，雙腿頓時失去力量。他好像就要跌入洞中，卻又如生了根似地動彈不得。

徒勞無功的感覺排山倒海地壓來，青兒反覆想著同一句話。

來不及了。

這次又來不及了。

*

兩小時後，在凜堂偵探事務所，青兒渾身濕透地回來。

哈啾一聲，他打了一個大大的噴嚏。棘不悅地皺起眉頭，丟了一條毛巾給他。

青兒邊吸著鼻水，邊擦拭濕濡的頭髮和身體，然後像雪童子一樣把毛巾包在頭上，這才覺得放鬆一點。

雖然他已經累到連一根手指都動不了，牙齒卻還是不停打顫。渾身發冷，太陽穴的部位痛得像被毆打——他感冒了。

不過仔細想想，他在冰冷的雪雨中跑了那麼久，連傘都沒撐，只得了感冒或許已經算是很幸運。

畢竟在雨中徘徊的另一個人都掉到施工的洞穴裡摔死了。是他親手殺死的狗兒們的亡靈——朧劘——把他逼進死路。

因果報應，種瓜得瓜，自作自受——那人的下場應該很符合這些詞彙吧。至少負責判處刑罰的鬼是這麼想的。

「混帳！」

青兒開口罵道，隨即咳嗽不止。

疲勞加上頭痛使他的腦袋變得昏沉沉，同時有一股衝動想要放聲大喊，但是就算如今把誰罵得狗血淋頭也於事無補。

人已經死了，不可能再活過來。

這是難以撼動的事實。

青兒又罵了一句「混帳」，躺在地上。

此時，他看見擺在窗邊的椅子。曾是某人愛用、有扶手的真皮椅子。那大概是凜堂荊這號人物的固定座位吧。

（……嗯？）

青兒突然感到背上冒起一陣惡寒。

——不對勁，有件事很不對勁。

可是他想不到是什麼事。

他沒來由地不安，心跳加速。突然有一種預感，覺得自己不能繼續待在這裡，這種預感逐漸變成確信，令他不禁寒毛直豎。

緊張、不安，還有恐懼。

此外，還有一種奇妙的熟悉感覺。沒錯，就像青兒那一夜在山林火災發生前獨自離開廢寺時的感覺。

好像被人盯著的感覺。

彷彿有一雙眨也不眨的蛇眼正盯著他看的感覺。

「那、那個……這張椅子是不是怪怪的？」

青兒指著那張扶手椅子開口說道，但是連他也不知道自己到底想說什麼。

「呃……仔細一看，椅背上有個地方用同色的線修補過，但我覺得這應該不是你修補的吧……」

青兒試著設身處地想像：如果皓今後沒再回來，他習慣坐的椅子上出現裂縫，不擅長縫紉的自己會親自去修補嗎？

——不可能。

青兒頂多只有兩個選項，第一是放著不管，第二是送去給專門人士修理。更何況棘似乎一直避免正視這張椅子，他死也不可能自己動手修補。

但是還有一個疑問——不對，正因如此才出現一個疑問。因為這間事務所如今只有棘一個人。

「既然如此，這修補的痕跡到底是誰做的？」

此時棘才露出訝異的表情，他的臉上充滿強烈的驚慌。

他從雙排抽屜辦公桌上抓起拆信刀，衝向窗邊的扶手椅，用刀割開椅背上的修補處，裡面露出一個黑色箱型裝置，看起來像是電影或連續劇裡會出現的迷你竊聽器。

「到底是什麼時候……」

棘愕然地喃喃說著。

突然，細微的吱軋聲響起。

書房空間後方的一個書櫃朝前方打開。

簡直就像暗門……不，那是貨真價實的暗門。

「咦？」

從門後走出來的是一位陌生的青年。

那頭齊肩的頭髮是在黑暗中仍發出美麗光澤的白色，長長瀏海底下的雙眼則是很眼熟的琥珀色。

青年纖細的身軀穿著漆黑的斗篷外套，與其說是偵探，更像個魔術師。或許是因為他的身材雖然高挑卻又帶有女性氣質吧。

纖細、脆弱、柔軟。

話雖如此，卻又有著殘酷到令人戰慄的獵食者之美感。此外，他的手上還有一把駭人的獵槍——霰彈槍。

相較之下，棘的眼睛瞪大到目眥盡裂，像一尊雕像似地僵在原地，顫抖的嘴唇緩緩張開。

「——荊。」

像是在呼喚從死亡深淵復活之人。呼喚著應該早已身亡的雙胞胎兄弟。

如同回應棘的呼喚，亡靈的手舉起槍口，然後從一邊的耳中取下疑似用來接收竊聽器訊號的耳機。

「……你太礙事了。」

槍聲轟然響起。

鮮豔到刺眼的紅色血霧在視野中綻放出一朵鮮血之花。白皙的手指扣下扳機，如斷頭台的鍘刀一樣毫不遲滯地落下。

在幾秒的寂靜之後——

棘往後踉蹌幾步，仰天倒下。

被擊中的左肩出現一片黑色血漬。那不是多發的霰彈槍，中彈的地方只有一處，血卻流個不停。這也是當然的，因為彈孔太大了，簡直像是開了一個風穴。

荊傲然睥睨著倒地的棘，擦掉濺到臉上的血跡。

「你應該知道吧，我從來都不擅長針線活，但是若要不讓你發現，就只能藏在那個地方。因為那是我的遺物，多愁善感的你一定不會盯著那裡看。」

聲音微小得近乎耳語，簡直像是在朗讀詩歌，沒有半點抑揚頓挫。

荊瞇細眼睛、看似厭煩地瞥著棘。

「我的弟弟竟然是這副德性。不過，這樣才像你啊。」

荊彎下身子，抓住棘的頭髮，讓他的臉抬起來。

「你真是一點都沒變。雖然你對強者毫不留情，對小孩和老人——尤其是貓狗之類的動物——卻狠不下心，所以我才會找來那個委託人。為了讓你不惜違反閻魔殿的指示也要出門——因為我今天也得出去辦事。」

那麼，鈴老太太手上那張名片，就是荊自己或他的助手交給她的囉？不只是如此，就連鈴老太太會在今天來到事務所也是荊搞的鬼。

（可是，他不是早就死了嗎？）

青兒還在滿心混亂時，棘發出混濁的聲音，吐出一口血。

其實棘應該只能發出喘息聲，但他還是張開血色盡失的嘴唇，露出忘記痛楚的表情。

「……荊？」

雙胞胎哥哥加深了笑意，如同嘴唇往兩旁裂開。

「可以的話，我真不想再聽到你叫我的名字。」

荊邊說邊站起，舉腳踩向棘被槍擊中的地方。骨頭碎裂的聲音傳出，棘發出怒吼，聽起來有如瀕死野獸的咆哮。

荊露出像是憐憫的眼神望著似乎已經昏厥的弟弟，喀嚓一聲拉動獵槍的前托。膛室裝填了第二顆子彈。

「那、那個，等一下！請你等一下！」

青兒急忙喊道，衝到棘的身邊從他西裝的懷裡掏出手帕，按在他肩上的槍傷處。雖然止血的功效不大，但是總比沒有好。

……不對，其實棘就算死了也無所謂。

可是——

（他是那樣重視哥哥留下的椅子。）

不管再怎麼說，被自己那麼懷念的人開槍打死也太莫名其妙了。

「果然是隻笨狗。」

荊瞇起眼睛說道，然後把獵槍移到左手，像在趕蒼蠅似地舉起右手。

「……別礙事。」

眼看他的手就要朝著青兒的臉揮落。

「咦？」

有樣東西筆直飛來，撞上荊的手指。

仔細一看，那是好像在哪裡看過的黑色皮革短靴。

——似曾相識。

青兒想起三個月前左右也遇過類似場面。

從左手邊的螺旋階梯傳來的兩人腳步聲亦然。

「看來比我想像的更嚴重。」
如同盛開白牡丹一般的凜然聲音也是。
「好久不見，荊。還有青兒。」
回過神時，那小小的白色背影出現在青兒的面前。
他往前走了半步，像是要保護青兒。
——是皓。
「怎、怎麼會……」
青兒想要發問，卻只能發出夢囈般的聲音。
皓轉過頭來，把手指貼在嘴唇上。他是在示意青兒安靜嗎？不對，或許他是要表達「讓我來處理吧」。
另一邊，紅子正在幫渾身是血的棘做著急救處置。
……怎麼回事？一想到棘能活下來，突然就覺得其實他死了也沒關係。
荊把獵槍架在肩上，像小鳥一樣歪著頭問：
「我們應該三天沒見面了吧？」
「是啊，因為演員都到齊了，所以我又活過來。」

這是一幅奇妙的景象。

——黑色。

——白色。

不知何時開始遙遙對峙的這兩人，乍看之下像是截然相反，又像是徹底相似，彷彿互為鏡像。

這次皓朝另一個方向歪著頭說：

「你不問我為什麼還沒死嗎？」

「壞人角色應該問這個問題嗎？不過我早就覺得會是這樣。坦白說，我一直覺得一虎殺你殺得太容易。」

「原來如此，所以你才慎重其事地躲到現在啊。」

啊？什麼意思？青兒的心中充滿疑惑。

「那我就來講講『被你殺死』之後的事吧。其實我在三天前的火災裡根本沒死，換句話說，我能逃掉就代表你的惡行曝光了。所以這三天我都和閻魔殿聯手搜捕你。我之所以假裝生死不明，就是為了掩飾搜索行動。」

竟然是這樣！

「你應該聽篁說過了吧？是閻魔大王親自指揮搜捕凶手的行動——其實那才是主力部隊。所以這不是在搜索凶手，而是在狩獵狐狸。」

這麼說來，被狩獵的並不是皓或青兒，而是本來站在獵捕一方的荊。

但是……

「我們找了很久都找不到你的蹤跡。我到今天才突然想到，如果你的個性和我一樣——雖然我很不樂見這種事——你對藏身之處的選擇可能也會跟我一樣。有句話說『燈塔下是最黑暗的』，你最有可能回到住慣的老家。」

皓指的就是這間凜堂偵探事務所吧。

「所以……」

「啊？」

皓突然做出讓人意想不到的行動。

他把手探進青兒軍裝大衣的口袋裡，拿出一個菸盒。就是裡面塞著捻成紙捲的信件的那一個。

他將菸盒倒過來敲兩下，一個小小的機器掉在他的掌心。那是比剛才那個竊聽器更袖珍的竊聽器。

青兒忍不住「啊」了一聲。

『他希望你去棘先生的偵探事務所，盡可能地待久一點。』

紅子轉告的那項指示，原來就是要青兒成為「耳朵」去調查荊的藏身之處。

（啊啊，對耶，我都忘了。）

是啊，這種狡詐的計謀可是皓的拿手把戲。

「有句話說『殺蛇不死，後患無窮』。如果對一個人下手，卻沒有斬草除根，之後鐵定會遭到報復——就像現在的你一樣。」

身為這場翻盤戲碼主角的少年，笑得像怒放的白牡丹一樣燦爛。

「我早就說過了，我只和確定贏得過的人鬥。其中當然也包括你，荊。」

接著皓天真地歪著頭說：

「如果讓你不愉快真是抱歉，我就是這樣。」

他擺明用一副贏家的態度說道。

「這樣啊……」

荊平淡地喃喃說著，現場氣氛頓時變得非常緊繃。

扣動扳機的聲音響起。等到反應過來時，槍口已迅速瞄準皓。看這距離和時機，皓根本沒機會逃走。

然後——槍聲響起。

射出的子彈「碰」一聲擊中腳邊的地板。

驚訝睜大眼睛的人卻是凜堂荊。

荊手中的獵槍還沒噴火時，從他正面飛來的子彈，搶先一步在地板留下彈痕。

「嗯……這是我剛才在棘的懷裡找手帕時順便跟他借來的。」

說話的人是青兒。

他用身體擋住難得露出訝異表情的皓，手上握著一把手槍。他用棘藏在懷裡做為防身用的左輪手槍對荊開了槍。接著青兒再次把槍口對準荊，盯著他說：

「下一發就會打在你身上。」

青兒使出在便利商店看免費雜誌學來的所有知識開了這一槍，子彈精準地打在荊的腳邊。

旁人看了一定以為，這是用來牽制荊行動的佯攻。

是啊，旁人看來應該是這樣。

「你瞄準的是哪裡？」

皓低聲問道，青兒只用嘴巴的動作回答：

「頭部。」

「……我知道了，下一次讓我來開槍吧。」

得救了！

青兒正為了要開第二槍的壓力而快哭出來，聽了這句話才放下心中大石。

「呵呵呵。」

荊笑了。他笑得很愉快，彷彿看到什麼可笑的事。像是看著表演才藝的狗，以及牠的飼主。

「原來如此，果真是隻笨狗，和飼主倒是很相襯。」

荊說完朝棘瞥了一眼，便轉身走向螺旋階梯，彷彿對這一切都失去興趣。

「你的目的到底是什麼？」

叫住他的人是皓。

白髮鬼轉過頭來，露出魅惑的微笑。

「從一開始就很明顯了吧？」

他丟下這句話就消失了，如同暗夜裡的一條亡靈。

之後只留下一片寂靜。棘身上的傷已經做好緊急處置，臉上漸漸恢復血色。
一切都結束了。
「那個……」
青兒想要喊他的名字，喉嚨卻好像塞住了。他心頭揪緊，氣管抽搐，但還是死命地張開嘴，懷著如同睽違數年般的懷念。
「……皓。」
「嗯。」
「你真的是皓嗎？」
「是啊。」
青兒鬆了一口氣——因為太過放鬆，雙腳頓時失去力量，癱坐在地上。
皓「哎呀呀~」地苦笑著，摸摸青兒的頭。青兒此時感到眼睛鼻子都在發酸，因而輕輕地咬住嘴唇。
但他覺得，光是這隻手如今正摸著他，他就什麼都不在乎了。
——皓還活著。
皓就在他的身邊。

「差不多該走了吧。」

皓詢問：「站得起來嗎？」伸手拉起青兒。他的手像骨頭或蠟一樣白，但是又和活人一樣溫暖。

——就算他和青兒不同，並非人類。

「青兒，我們回去吧。」

「是！」

那小小的背影邁開步伐，青兒也跟著追上去。

如同往常，跟在皓的半步之後。

＊

「在你臨死時，我要問一個問題：你現在最想做什麼？」

失去意識前，他似乎聽到這個問題。那發自一位身穿如壽衣般白衣的黑髮少年。

啊，這就是死神嗎？一志邊想著，邊回答。

就算這即將成為他此生最後的自言自語。

醒來之後，一志發現自己躺在病房裡。
他心想：「我為什麼還活著？」聽醫生和護士之言，他的傷勢非常嚴重，如果晚一分鐘救治必死無疑。
打電話叫救護車的人聽起來像是少年，但至今還查不出他的身分。
他的臉上全是繃帶和紗布，要完全復原大概很困難。後腦受傷的地方也不知道以後能不能再長出頭髮。
住院半個月後，一志悄悄地溜出醫院，直接去警察局。反正他也付不出住院費。
他踢斷了攻擊流浪漢的國中生的門牙。
多次入侵鈴老太太的家中，還殺死五隻狗。
一志不知道自己會被判處多重的刑罰，但他確實有罪，毫無疑問有罪。
然後……
不知不覺間，一志回到那座公園。
秋天的陽光灑在兩人座的長椅上，幾乎蓋滿地面的落葉描繪出深淺不同的花紋。呼吸時彷彿還能聞到光的味道。

他想找的人就在那裡。在附有碎花菜籃的助行車旁邊，鈴老太太坐在長椅上頻頻點著頭。

一志感覺到喉嚨的深處在顫抖，無意識地咬住嘴唇。

連他自己也不明白，到了這個地步為什麼還要來這個地方。

但是，他踏過沙沙的落葉走向長椅。鈴老太太猛然抬頭，像一隻在太陽底下打瞌睡的貓，慢慢地眨著眼睛。

——四目交會。

一志覺得自己應該要說些什麼，但嘴唇只是顫抖。

他喉嚨乾渴，發不出聲音，心臟狂跳得像是心律不整，腋下不停冒汗。

「天氣真好啊。」

此時的陽光並不強，鈴老太太卻瞇細了眼睛說道。

一志心想，她沒有認出自己。

她不知道站在眼前的人是誰，只是用恍惚的眼神看著前方，說不定根本不知道前方站著一個人。

一志是這樣想的，但是……

「咦？」

跪坐在長椅上的鈴老太太突然朝一志深深一鞠躬。

她一再把額頭貼上油漆已經剝落的長椅。那雙比在黑暗中、在小夜燈下看到時有著更深皺紋的手微微顫抖著。

「對不起，真的很對不起，小茶不見了。你以前是那麼疼愛牠，你把牠託付給我的時候，我真的很高興能幫上你的忙，可是……真的很對不起。」

她一再重複著道歉的話語。

「啊……」

一志想說話，但還是說不出來。

難道……鈴老太太那麼努力地四處找尋小茶，就是因為那是一志託付給她的狗？因為難得有人拜託她幫忙。因為她難得能為別人做些什麼。

不被任何人需要的寂寞、空虛、辛酸，一志比任何人都清楚。說不定鈴老太太也有著相同的心情。

她不斷找尋突然失蹤的小茶。

找尋時還不停在心中向一志道歉。

說不定這才是她最大的壓力來源。
（這麼說來，難道……）
她的認知症日漸惡化，甚至把一點都不像小茶的野狗當成小茶。
——難道這一切都是他造成的？
這一瞬間，一志感覺某種東西決堤了。
視線開始模糊，雙腿變得無力，幾乎站不住。
鼻水流進喉嚨，讓他噎住好幾次，但他花了很多時間才發現自己在哭。
「對……不起！」
一志肩膀顫抖，哭得像個孩子，如此喊道。他把額頭貼在地上，一再地大喊，幾乎喊破喉嚨。
此時他終於想起來了。當那個白衣少年問他「你現在最想做什麼？」之時，他回答的是：「我想要道歉。」
雖然事到如今道歉也沒用。雖然他知道一定得不到原諒，也無法挽回任何事。
即使如此，他還是想道歉，真的一直很想道歉。
從他用滿是汗水的手提著書包、身穿制服僵在門口時，他就一直想要道歉。

對不起，沒辦法把事情做好。
對不起，無法活得像樣一點。
對不起，竟是這樣的人。
——我摔了人，讓別人陷入不幸。
——我害死了牠們，殺死了牠們。
「……對……不起……」
他不停喊著，喊到喉嚨都沙啞了，然後他發現鈴老太太不知何時已經蹲在他身邊。一隻溫暖的手撫摸他的背。骨瘦如柴、滿是皺紋的手。像是以前撫摸茶子一樣，慢慢地、一再地撫摸他。
如同對待一個無比珍視的人。
對不起——除了道歉以外，他什麼話都說不出來。就算這些道歉一點意義都沒有。
即使如此，撫摸他背部的手還是一樣溫暖。
因為還活著。

第三怪・殺子之父，或是終章

暴風雨過後一片寧靜。

青兒一回到屋子就睡得跟死了一樣，等他再次醒來，又繼續過著平常的生活。也就是和紅子及皓在一起的生活。

時間是午夜十二點。雨似乎還沒停。青兒在自己的房間醒來，發現皓坐在一旁的椅子上看書。

「哎呀，你醒啦。」

皓微笑著說。

這是青兒司空見慣的景象。能夠回歸這樣的生活比什麼都令他開心。

「那個，歡迎你回來……哈啾！」

皓苦笑說著「哎呀呀」，從床邊的小桌子上拿起保溫壺。

「來吧，請用。你這個人也真是的，好像只要我稍微沒盯著就會死掉呢。」

皓感慨地說著，把注滿的馬克杯遞給青兒。像是老是忘記給牽牛花盆栽澆水的小學男生會說的話。

青兒一臉無言地喝著加了蜂蜜的薑茶。此時他才感覺到腹中的飢餓，所以就請紅子把早餐的白粥分一些給他。

順帶一提，紅子好像很在意這三天裡累積的灰塵，所以徹夜進行了大掃除。真是太厲害了。

如此這般，青兒朝端著白粥進來的紅子道謝，用湯匙舀起加入蒸雞肉及蔥花的白粥放入口中咀嚼。

「咦！所以那個人活下來了？」

「是啊，我叫了救護車。他應該沒有生命危險吧。」

皓說的是被臑齣追逐而掉進施工洞穴裡的青年。青兒還以為那人已經死了，沒想到皓竟然救了他。

他心想，太好了。雖然將來的事是否值得慶幸還很難說。

「呃，這麼說來，你藉著放在菸盒裡的竊聽器聽見我和棘的對話？」

「是啊，正是如此。」

「那你應該就在附近對吧？到底是躲在哪裡啊？」

青兒忍不住抱怨。想到皓這三天都沒有跟他聯絡，他真該揍個一拳洩憤或是拿些零用錢做為安慰才是。

「呵呵，我就在你身邊啊。」

啊？在哪裡？

「我就在這間屋子裡。其實我從三天前就和紅子互換身分。」

等一下，怎麼可能！

「既然要解釋，我乾脆從頭說起吧。其實繼承了魔王山本五郎左衛門血脈的人都會以顏色命名，我的名字代表『潔白無垢』的意思，哥哥緋花自然不用說了。此外還有一個人，那就是紅子。」

青兒不禁「啊！」了一聲。

這麼說來確實沒錯。只是身為食客的青兒名字裡也帶有顏色，所以並不會特別注意到這點。

「咦？這麼說來紅子小姐就是你的……」

青兒正想說「姊姊」，皓卻搖著頭說：

「不是，紅子本來是金魚，是我父親把自己的血給了她，她才成妖。」

紅子既像人又像金魚，沒想到她的真身就是金魚。

「好吧，我還是讓證據來說話吧。你先看看這張照片。」

皓拿出一張毫不稀奇的兩人合照，照片上的皓捧著一本大開本的書，一旁是端著鍋子的紅子。

……看起來和現在眼前的兩人沒有多大差別。

「你用鋼筆把我的眼睛塗黑看看。」

「呃，像這樣嗎……咦？啊啊啊啊！」

照片上出現了兩個紅子。

不，不對。一把眼睛塗黑，皓就變得和紅子一模一樣。

因為紅子超大的黑眼珠給人的印象太強烈，所以青兒一直沒發現他們兩人其實長得很像。不是像姊弟，而是如雙胞胎一般神似。

「對、對耶，你們的身高也差不多。」

皓確實說過，如果紅子脫掉高跟靴子，他們就一樣高了。也就是說，他們連身高都很相似。

「紅子是被刻意塑造成這副模樣的，而且她還有個雙胞胎哥哥，叫紫苑——他是我的替身。你應該記得走廊上的窗台放著一個魚缸吧？裡面的金魚就是紫苑。」

青兒還記得，他第一次進入這間屋子，就看見走廊窗台擺著魚缸，裡面有一隻和紅子很像的金魚。那竟是紅子的哥哥？

「平時他都待在魚缸裡看家，但是因為在長崎發生過那種事，所以這次出遠門時我就帶紫苑一起去了。」

「咦？怎麼帶的？」

「用小玻璃瓶裝著，放在信玄袋裡。和一小瓶護身用的強酸一起帶在身邊。」

啊，對了，青兒在電車上確實看到皓的信玄袋裡面有兩個小瓶子。他本來還以為那是皓買的飲料。

「可、可是我出門時看到魚缸還是跟平時一樣啊，如果事情像你說的那樣，魚缸應該是空的吧……」

青兒講到這裡才想到一個可能的解釋。

他想起來了。回到這間屋子以後，他發現金魚的性別從公的變成母的，也就是說……

「沒錯，那是紅子。紅子變回金魚的模樣，代替紫苑待在魚缸裡。」
那一晚陪在皓身邊的並不是紅子，而是紫苑。
青兒先下山以後，皓獨自留在廢寺裡，因假扮成繭花的荊的計謀而面臨性命之憂。當時，皓先用護身的強酸拖延追兵一虎的腳步，然後紫苑變成他的模樣當了他的替身。
然後，擔任替身的紫苑……
「死了。那就是哥哥的職責。」
「……委屈你們了。」
「不，這是我們的榮幸。」
紅子接話之後，把手按在皓的肩上像是在安慰他。皓也把手輕輕放在她的手上。這兩人之間似乎有著某種默契，光是這樣就能理解彼此的意思。
但是……
「哥哥幾乎整個人生都是以魚的型態度過，所以他的情緒跟魚一樣，智能也和魚一樣……反正就是一條魚。」
這樣講太過分了吧！

青兒差點就要流淚大喊，不過紅子會這樣說，想必是顧慮到皓的心情，為了不讓溫柔的主人感到內疚。

「我則是穿上事先準備好的紅子衣服，戴上黑色的角膜變色片，然後去跟你會合。」

這麼說來，從火場裡跑出來的紅子……其實就是皓本人。

「可、可是，你為什麼哭呢？」

青兒想起了烏黑眼眸流下的淚水。

『皓大人……死了。』

就是因為看見淚水，青兒才會相信皓已經死了。

「啊，說來有些尷尬，其實那是因為我戴不慣角膜變色片。」

「……抱歉，紅子小姐，我可以揍他一拳嗎？」

「請便。」

青兒露出前所未有的憤怒眼神，從紅子的手中接過鍋子。

「啊，閻魔殿在找我。」

皓裝模作樣地乾咳一聲，拿起在絕妙時機響起的手機迅速逃到門外。可惡，溜得真快。

過了一會兒，皓走回來說道：

「如果閻魔殿的調查結果可信，主謀應該就是神野惡五郎。他趁著兒子們為了繼承人寶座爭得你死我活時，要荊這個真正的繼承人詐死，又讓弟弟棘代替他坐上這個位置。荊則成為惡五郎的心腹在暗地裡活動——說不定他們兄弟十三人搏命惡鬥，也是為了這個計畫而製造的幌子。」

「……真是太離譜了。」

也就是說，棘他們一群兄弟很有可能只是為了進行這項陰謀而奉命互相死鬥。

這是父親該對孩子做的事嗎？

棘似乎完全不知道父親的心思，還為雙胞胎哥哥的逝去悲嘆，背負著十二個兄弟的性命扛下繼承人的職責。

不管怎麼說，這實在太悲慘了。

此時，紅子突然抬起臉，轉頭說道：

「抱歉，好像有客人來了。」

「喔？這麼晚了還有人？」

「可能是您父親大人的手下。」

說完以後她就走出門外。

「呃……對了，你父親對這次的事……」

青兒說到一半就突然打住，因為他看到皓的臉上出現非常凝重的表情。

然後……

「我總覺得荊的目的不可能只是這樣。」

他一字一字緩緩說著，像是自雨雲落下的第一滴雨。

「我一直在想，他真的像我嗎？說不定跟他相似的不是我……」

腳步聲傳來，青兒過了十幾秒才發現那是紅子。因為那聲音聽起來很慌亂。但紅子向來沉著冷靜，很難想像她會有這種舉止。

不只如此……

「皓大人。」

紅子從門後露出臉來，她的臉蒼白得令人心驚。

「您的父親大人——魔王山本五郎左衛門，逝世了。此外，惡神神野惡五郎似乎也在昨晚死了。」

這一瞬間，青兒的腦海裡浮現一個聲音。

——凜堂荊的聲音。

『我今天也得出去辦事。』

在青兒和棘前往鈴老太太家以後，荊就離開他藉以藏身的凜堂偵探事務所。他到底去了哪裡？做了什麼？

「……啊啊，原來如此，我終於明白了。」

皓自言自語著，他的臉也蒼白得有如死人。彷彿看見了地獄的深淵，連聲音都在顫抖。

這時青兒才知道，當皓問荊的目的時，他本來是要回答什麼。

——弒父。

*

在這個世上，或許真有吃掉父母的孩子吧。

主要參考文獻

《しぐさの民俗学　呪術的世界と心性》（ミネルヴァ書房／常光徹著／二〇〇六年）
《日本人の禁忌　忌み言葉、鬼門、縁起かつぎ…人は何を恐れたのか》（青春出版社／新谷尚紀監修／二〇〇三年）
《暮らしの中の民俗学1　一日》（吉川弘文館／新谷尚紀等編／二〇〇三年）
《女と蛇　表徵の江戸文学誌》（筑摩書房／高田衛著／一九九九年）
《蛇物語　その神秘と伝説》（第一書房／笹間良彦著／一九九一年）
《蛇と女と鐘》（技報堂出版／福井榮一著／二〇一二年）
《動物信仰事典》（北辰堂／芦田正次郎著／一九九九年）
《霊能動物館》（集英社／加門七海著／二〇一四年）
《物語という回路》（新曜社／赤坂憲雄編／一九九二年）
《論集　泉鏡花》（有精堂／泉鏡花研究會編／一九八七年）

《妖怪の民俗学》（岩波書店／宮田登著／一九八五年）
《鳥山石燕　画図百鬼夜行》（國書刊行會／高田衛監修，稲田篤信、田中直日編／一九九三年）
《図説・日本未確認生物事典》（柏美術出版／笹間良彦著／一九九四年）
《日本ミステリアス　妖怪・怪奇・妖人事典》（勉誠出版／志村有弘編／二〇一一年）
《百鬼解読》（講談社／多田克己著／一九九九年）
《日本の妖怪ＦＩＬＥ》（學研 Publishing ／宮本幸枝編著／二〇一三年）
《日本妖怪大事典》（角川書店／水木しげる畫，村上健司編著／二〇〇五年）
《妖怪事典》（毎日新聞社／村上健司著／二〇〇〇年）
《妖怪図巻》（國書刊行會／京極夏彦撰文，多田克己編／二〇〇四年）
《妖怪・お化け雑学事典》（講談社／千葉幹夫著／一九九一年）
《「痴呆老人」は何を見ているか》（新潮社／大井玄著／二〇〇八年）
《無縁介護　単身高齢社会の老い・孤立・貧困》（現代書館／山口道宏編著／二〇一二年）

《ルポ　若者ホームレス》（筑摩書房／飯島裕子、ビッグイシュー基金著／二〇一一年）
《季刊　怪　第壱号》（角川書店／一九九八年）
《怪 Vol.0018》（角川書店／二〇〇五年）
《「蛇帯」考　愛欲の蛇の発見と近世文芸》（堤邦彦著／京都精華大學紀要27號／二〇〇四年）
《「蛇帯」考・補遺》（堤邦彦著／京都精華大學紀要28號／二〇〇五年）

國家圖書館出版品預行編目資料

地獄幽暗亦無花. 3, 蛇噬之宿 / 路生よる作 ; HANA 譯. -- 初版. -- 臺北市 : 臺灣角川, 2020.03

面 ; 公分. -- (角川輕.文學)

譯自 : 地獄くらやみ花もなき. 3, 蛇喰らう宿

ISBN 978-957-743-640-5(平裝)

861.57 109001094

輕文學 Light Literature

地獄幽暗亦無花 3 蛇噬之宿

原著名＊地獄くらやみ花もなき 参 蛇喰らう宿

作　　者＊路生よる
插　　畫＊アオジマイコ
譯　　者＊HANA

2020年3月9日　初版第1刷發行

發 行 人＊岩崎剛人
總 經 理＊楊淑媄
資深總監＊許嘉鴻
總 編 輯＊呂慧君
副 主 編＊溫佩蓉
美術設計＊邱靖婷
印　　務＊李明修（主任）、張加恩（主任）、張凱棋

台灣角川

發 行 所＊台灣角川股份有限公司
地　　址＊105台北市光復北路11巷44號5樓
電　　話＊（02）2747-2433
傳　　真＊（02）2747-2558
網　　址＊http://www.kadokawa.com.tw
劃撥帳戶＊台灣角川股份有限公司
劃撥帳號＊19487412
法律顧問＊有澤法律事務所
製　　版＊尚騰印刷事業有限公司
I S B N＊978-957-743-640-5